U0562134

打动孩子心灵的经典故事

世界民间故事
WORLD FOLKTALES

朋朋 编写　画童卡通 绘

中国少年儿童新闻出版总社
中国少年儿童出版社
北京

图书在版编目（CIP）数据

世界民间故事 / 朋朋编写. — 北京：中国少年儿童出版社，2020.03（2020.10重印）
（打动孩子心灵的经典故事）
ISBN 978-7-5148-5922-5

Ⅰ.①世… Ⅱ.①朋… Ⅲ.①儿童故事 – 民间故事 – 作品集 – 世界 Ⅳ.① I18

中国版本图书馆CIP数据核字（2019）第285392号

SHIJIE MINJIAN GUSHI
（打动孩子心灵的经典故事）

出版发行：	中国少年儿童新闻出版总社 中国少年儿童出版社
出 版 人：	孙 柱
执行出版人：	马兴民

本书策划：	缪 惟 李世梅	责任校对：	杨 雪
责任编辑：	李世梅	责任印务：	厉 静
封面插图：	马 天		
封面设计：	北京市绿水馨亭文化发展有限公司		
社　　址：	北京市朝阳区建国门外大街丙12号	邮政编码：	100022
总 编 室：	010-57526070	发 行 部：	010-57526568
编 辑 部：	010-57526320		
官方网址：	www.ccppg.cn		

印刷：北京瑞禾彩色印刷有限公司

开本：	889mm×1194mm　1/16	印张：	13.25
版次：	2020年3月第1版	印次：	2020年10月北京第2次印刷
字数：	150千字	印数：	5001-10000册

ISBN 978-7-5148-5922-5　　　　　　　　　　　　定价：68.00元

图书出版质量投诉电话010-57526069
电子邮箱：cbzlts@ccppg.com.cn

目 录

石 头 汤	1
报 恩 的 鹤	8
小 磨 盘	14
三兄弟和玻璃山上的公主	20
神奇的鸡蛋	27
宝 鞋	33
木 汤 勺	40
偷 白 菜	46
农民和百灵鸟	53
森 林 女 王	60
幸 福 鸟	67
三朵白玫瑰花	73
小 指 娃 娃	79
一 双 金 脚	86

白 麻 雀	93
贪婪的小熊	99
金　　鹅	107
天 鹅 姑 娘	115
神　　罐	122
三 条 忠 告	128
穷汉的木碗	135
金纺车的故事	142
十二只野天鹅	149
渔夫的女儿	156
白 蝴 蝶	163
老鼠选女婿	168
石　　匠	174
十二个月的故事	180
猎户星的传说	187
两个邻人的故事	193
小牧羊人的幸福梦	200

石 头 汤

（意大利）

　　从前，在意大利住着姐妹俩，姐姐叫安娜·玛丽娅，妹妹叫维多莉雅。姐姐安娜是一个贪图荣华富贵的女人，毫不犹豫地嫁给了一个有钱的商铺老板，过着富裕的生活。妹妹维多莉雅爱上了邻居家的小伙子，虽然他只是一个烧炭工人，她还是嫁给了他。

　　每天下班后，烧炭工身上、脸上总是沾满了黑黑的炭灰，但维多莉雅并不嫌弃，她每天精心为丈夫准备好毛巾和清水。丈夫休息的时候就唱动听的歌谣给她听，小屋里总是充满了欢乐的歌声。维多莉雅有五个健康可爱的孩子——两个女儿和三个儿子，他们都很听话，生活幸福美满。

　　安娜也有一个儿子，但是这个孩子娇生惯养，脾气很坏。商铺老板的生意很忙，经常在外头运货，家里总是冷冷清清的。安娜看见维多莉雅的生活充满了欢笑，心里很嫉妒，但是她立即又安慰自己说："烧炭工人家里只有炭灰味儿，哪里比得上我家里，用的都是从印度买来的香料。烧炭工人家里只能啃干面包，我家里顿顿有肉吃。"

　　这一年秋天，黑死病的魔爪伸到姐妹俩的家乡。安娜和维多莉雅两家也没有逃脱灾难，由于她们的丈夫都在外奔波，很容易就染上了疾病。就这样，安娜和维多莉雅都守了寡。幸运的是，姐妹俩和孩子们都没有被传染。

丈夫去世之后，维多莉雅的生活变得很艰难。她只好去求姐姐："安娜，我快要过不下去了，孩子们一天天长大，胃口也越来越大。好姐姐，给我一点儿面包吧。"

安娜自从嫁到商人的家里，心也变得冷漠起来。她想起过去自己的生活是多么的冷清，而妹妹却很幸福，就不给妹妹好脸色看。

安娜说："我虽然是这屋子的女主人，但是这些都是夫家的财产，我也不能随便拿出来用。你想要面包可以的，不过你得卖苦力。你在这里打扫房间，喂养牲口，洗衣服，洗碗碟，这样我才能给你面包。"

维多莉雅为了五个孩子，也只好留下来干活儿，毕竟这样比在外面做工要好一些。每天维多莉雅都要干完安娜家的所有家务活儿之后，她还得自己去烤面包。安娜总是把绝大部分烤好的面包都拿走，留给妹妹的就是很少的一点点。

维多莉雅明白了，狠心的姐姐存心与自己为难。她只好想出一个办法：每天和面之后，她都不洗手。

回到家里，就把沾在手上的面粉都刮到锅里，然后煮成一锅面汤。五个孩子每天喝着面汤，吃一小片面包，脸上仍然保持了红润。

有一天，维多莉雅在姐姐的院子里干活儿，忽然来了一个衣衫褴褛的老人。老人说："好心的太太们，请给我点儿吃的吧，我快要饿死了。"安娜看见了，就厌恶地叫道："臭要饭的，快滚！"她那个宝贝儿子也捡起石头向老人扔去。

等老人走出门，维多莉雅偷偷地追上去说："傍晚的时候，你在这条路的转弯处等我，那里有一棵橄榄树。我给你东西吃。"

傍晚的时候，维多莉雅干完了活儿回家。在大路的转弯处，她看见那个老人正坐在橄榄树下面等她。维多莉雅就拿出一块面包，把它平均分成六份，把一份给了老人。

老人说："太感谢您了，太太。你是把谁的一份给了我？"

维多莉雅回答道:"我有五个孩子,给你的是我自己的一份。你不用担心,我今天干了许多的活儿,已经很累了。我回去做完饭马上就会睡着的,一个人睡着了就不会觉得饿了。"

老人说:"您真是一个好心人,也许我以后能帮助你。"说完,老人就不见了。

安娜每天都只给维多莉雅一小块面包,她以为维多莉雅的孩子很快就会像外面的野孩子一样瘦骨嶙峋。可是有一天,她路过妹妹家的小院,无意中看见维多莉雅的五个孩子个个都长得很好,脸蛋红扑扑的。她吃惊极了。

她问其中一个孩子:"乖孩子,妈妈每天给你们吃什么?"

"姨妈,我们吃面汤。"小女孩回答。

安娜问:"面粉是别人送你们的吗?"

"不是,是妈妈每天回家以后,从手上搓下来的。"女孩子答道。

安娜知道是怎么一回事了,到了第二天,就在妹妹

临走前，她让妹妹把手洗干净，还说维多莉雅偷了她的面粉，作为惩罚，今天不给维多莉雅面包了。

维多莉雅伤心地拎着空篮子回家，走到那棵橄榄树下的时候，坐了下来，不知该如何准备一顿晚饭。她正想着，忽然看到地上有几块像蘑菇一样圆圆的石头，她只好把石头捡起来放进篮子里，准备先哄哄孩子，自己再去想别的办法。

回到家，维多莉雅说："孩子们，今天我们不喝面汤了，而是美味的肉汤。"她便把石头放进锅里。

"妈妈，肉汤要煮很久吗？"孩子们问。

"是啊！孩子们，现在你们去玩吧！"

孩子们跑出去玩了。维多莉雅坐在炉子旁边，伤心地哭起来。她正在想到哪里去借钱，这时门开了，孩子们带着那个要饭的老人跑进屋了。

"妈妈，妈妈，"大儿子喊道，"爷爷说他也饿了，把我们的肉汤给他喝点儿吧！"

维多莉雅把老人拉到一边低声说："老人家，我的锅里其实只有几块石头。我今天没有拿到面包……"

"哈哈！"老人放声大笑，"好心的太太，您可别骗我，我都闻到肉香啦！"

维多莉雅见他不相信，只好把他带到炉灶旁边，揭开锅从里面舀了一勺给他看。天哪！勺子里真的有一大块肉，散发着诱人的香味。

老人说："看看，您的手艺真好。再给我一块面包吧，光喝汤可不行。"

维多莉雅摇摇头说："家里早就没有面包了。"

老人微笑着说："你碗橱里放的是什么？"

维多莉雅打开碗橱一看，嚯！真的，碗橱里放着一大块烤好的面包！她赶紧把孩子们喊来，和这位老人一起吃了一顿丰盛的晚餐。

老人说："要是有杯甜酒，或者一块点心就更好了！女主人，到地窖里去拿一点儿来吧！"

维多莉雅走到地窖一看，地窖里有一桶酒，旁边放着奶酪、火腿和香肠。

她拿着这些东西，回到屋子里对老人说："您一定是位魔法师吧？"

老人回答道："这是你应该得到的回报。近一千年来我为人们奔忙着，现在我累了，想回到森林中去，回到那棵古老的橡树洞里休息。我打一个盹儿，一百年就过去了。"老人最后说："你的柜子里有一些金币，可以去买些牲口来饲养。你会过上幸福的日子。还有，你那狠心的姐姐和她的儿子，他们也应该得到应有的报应。"说完他大步走出门去。

维多莉雅赶紧说："老先生，请宽恕他们吧！他们也没有什么天大的罪过。"可一眨眼的工夫，老人就不见了。

第二天一早，维多莉雅到安娜家辞掉了先前的工作。她发现姐姐的生活全变了，安娜再也不能骂人——因为她一开口骂人牙齿就疼，疼得在地上打滚儿。她的儿子再也不能欺负穷苦的孩子，因为他捡起石头扔向那些孩子的时候，石头都会反转过来打中他的额头。

维多莉雅这下放心了，这或许是一个恰当的惩罚。她也像魔法老人说的那样，用柜子里的金币买了一群牛羊，过上了富裕的生活。

报 恩 的 鹤

(日本)

从前,在一个穷乡僻壤的村子里,住着一位穷苦的青年,他靠砍柴为生。一个寒冷的冬天,他进山砍柴,忽然下起了白雪,天气极度寒冷,他没法儿再干活儿了,准备收拾收拾工具回家了。这时候他听见一阵"呃呃"微弱的叫声,原来是一只鹤在雪地里扑腾着翅膀,眼看就要冻僵了。

青年抱起那只鹤一看,鹤的翅膀被火枪打伤了,还流着血。他就把鹤抱回家,从村里的大夫那里讨了一点儿草药,放在炉子上熬好,然后敷在鹤的翅膀上,又用干草给鹤做了一个窝,把它轻轻地放在里面。

青年觉得很累,躺在床上想着自己的心事。他自言自语地说:"一个人的日子真是寂寞啊!我这个没爹没娘的孩子,二十几年来都没有人理会。在这

样寒冷的风雪天气，只好一个人躺在屋里发呆。"

他怜爱地望着那只受伤的鹤，鹤仿佛也在看他。青年又说：

"你又怎么能够体会到人的心思呢？村里的老人看我孤单，给我说媒。可是那些姑娘看不起我这个没钱的穷苦人。是啊，谁愿意跟一个砍柴的穷苦人过一辈子呢？"

他叹了一口气，对鹤说："你也是个孤单可怜的家伙，就像我一样。可是等你伤养好了，你也会去找自己的同伴。唉，我的同伴在哪里呢？"

那鹤听到他的叹息，就冲他点点头，发出"咕咕咕"的叫声。

过了几天，鹤的伤好了，它飞上蓝天，绕着青年的屋顶转了三圈，走了。

这件事不久，一天夜里又下起了大雪。天寒地冻，青年正躺在床上准备休息，"咚！咚！咚！"他家的门被敲响了。"这么晚了，还会有谁来呢？"年轻人赶紧打开门，一看，门外竟然有位姑娘。那姑娘穿着白色的袍子，披着黑色的斗篷，漂亮极了。

姑娘说："可不可以让我借宿一晚？外面下着大雪，天又黑了，我实在是没有地方可去……"

青年看这姑娘貌若天仙，为难地说："不是我不想留你，其实我没有什么亲人，自己一个人住在这里。家里实在是很寒酸，也没有什么可以招待你的。"

姑娘说："别的我都不需要，只要借宿一晚就行了。"

青年只好把姑娘请进来，把炉子里的火烧旺。屋子里有了两个人，气氛一下子就好了很多。青年把姑娘安顿好，自己跑到另外一间小屋子里去睡了。

早上，青年一觉醒来，只觉得饭香扑鼻。原来姑娘已经把饭做好，正在收拾院

子。她见青年起来了，就对他说："我家里的人都出去走亲戚了，十天半月也不会回来。我看你一个人怪孤单的，如果你不嫌弃，我就留下来帮你收拾屋子吧。"

青年说："我是个穷人，什么财产都没有，还要靠打柴过日子。我的饭菜都很简单的，你住在这里会吃很多苦的。"

姑娘说："你不要担心，我的手艺好得很，就算是最简单的饭菜，我也可以做得很可口。"

就这样，姑娘一天又一天地住在青年的家里，丝毫没有离去的打算，她照顾他的生活起居，从做饭一直到洗衣服等。不久，两人便结为了夫妻。

有一天，妻子对丈夫说："每天都是你去砍柴，生活过得太辛苦了，现在该我来做事了。你帮我盖间织布的房子吧。"

于是，丈夫为她盖了一间专门织布的小房子。妻子要进入织布房的时候，对丈夫说："我织布的本领是祖上传下来的，祖宗立了规矩，不能让别人看见。你是我的丈夫，我也不能违反祖宗的规矩。我要在织布房里住七天，这七天里你绝对不可以进来，也不准偷看。"话一说完便进入织布房。从这天起织布房的织布声此起彼落，毫无间断。

丈夫每天从小窗子给她递水和饭菜，虽然见她不出来，心里很着急，但是答应过不偷看，也只好忍着。

终于到了第七天的早上，妻子带着憔悴的面容走出织布房，手上捧着一匹非常美丽的布。丈夫从没有见过这么漂亮的东西，正面是山川河流的图案，背面是一只仙鹤。妻子说："你把这匹布拿到城里去卖，可以卖百两银子。"

丈夫将信将疑地把布拿到城里的集市上去卖。那匹布被天皇的宠臣看见了，这宠臣是一个见多识广的人，他捧起这匹布仔细端详了良久，爱不释手。他家里收罗了天下最名贵的布匹丝绸，没有一件能够和这匹布相媲美。他立即赏了一百两银子说："这匹布的确很漂亮，不过我还要一匹送给皇上，这样皇上就能做一套华美的袍子了。"

　　丈夫回到家里，高兴地对妻子说："你织的布真的太好了，天皇的宠臣买了咱们的布，一下子就赏了百两银子。还说要咱们再送一匹布去，只要能和上次织得一样好，他就能赏一个官府里的差役给我做！"

　　妻子见他这副模样，为难地说："上次那匹布已经耗费了我很多的心血，我实在是很累了。我们现在已经有一百两银子了，就在乡下买些牲口来喂养吧。"

　　丈夫被城里的好生活弄昏了头，坚持要妻子再织一匹布，然后一起搬到城里去住。

　　妻子只好说："不知道能不能织得跟上次的一样，我尽力而为吧，不过要记得，和上次一样，你不可以进织布房，更不可以偷看。"于是，当晚，她再一次进入织布房。

就这样，丈夫等了一天、两天、三天……到第六天晚上，他终于忍不住想看一看，妻子为什么能织出那么美丽的布，竟然能卖这么多钱，还惊动了天皇的宠臣。

于是他蹑手蹑脚地靠近织布房，借着灯光从门缝里一瞧，不禁惊叫一声。因为织布房内并不是他的妻子，而是一只鹤，正将身上的羽毛一根一根拔出，放在织布机上织。那鹤的身上已经光秃秃的快没有羽毛了，胸前还有斑斑血迹。

鹤听见丈夫的叫声，摇摇晃晃地走出房间，用非常凄凉的声音说："我就是你以前救过的那只白

鹤，现在真相已经被你知道了，我不能再留下来伺候你了。"

丈夫内疚得流着眼泪说："我明白了，你不要离开我。我绝不把你的事情说出去，我也不去城里当差了。只要你留下来，我什么荣华富贵都不要。"

白鹤伤心地摇摇头，她把就要织好的丝绸披在自己的肩上，那块布变成残破的羽毛遮住了她的身体。她哀鸣着飞上天，在屋顶盘旋了三圈，消失在黑夜里。

小 磨 盘

（俄罗斯）

从前，有一对老人孤零零地住在乡下，他们没有儿女也没有钱，生活得很清苦。

有一天，门口来了一个脏兮兮的陌生人向他们讨吃的。老头子说："外乡人，我们无儿无女，日子过得也很穷，只能给你一点儿荞麦粥喝了。"于是叫老太婆去舀一碗粥给陌生人。

陌生人说："我能看看您家的厨房吗？"

老头子以为他不相信，就领他去看。陌生人看见锅里只剩下一丁点儿荞麦粥，老两口儿自己恐怕都不够吃了。陌生人走到院子里说："这里还缺一副磨盘呢，要是养着只公鸡，就热闹一些了。"

他像变戏法一样从背包里拿出一副小磨盘和一只公鸡，送给了老两口儿。

老两口儿的生活一下子就变了。那副磨盘，只需要一粒粮食就可以磨出一桶面粉来，这样，不但他们的口粮有了，大公鸡也能吃个饱。老两口儿再也不用辛苦地做活儿了，他们觉得自己一定是遇到了神仙。

可是世上没有不透风的墙。好景不长，小磨盘的事情被大地主知道了。这个大地主是当地的恶霸。农奴在他的庄园里干活儿，地位卑下，遭遇悲惨。地主任意侮辱、打骂农奴，也可以把他们像牲口一样任意买卖。他们没有人身自由，都是地主的私有财产，稍不合意就会被流放到西伯利亚或者受到惩罚。

地主心想：如果我把这副磨盘弄来，就可以省下好多的粮食，这可是不要本钱的买卖啊。

于是地主化装成一个猎人——皮衣皮帽还有一把火枪，在一个刮大风的夜晚跑到老两口儿家里。他撒谎说自己迷了路，回不去了，天太冷，想借宿一晚。

老两口儿是好心肠的人，就答应了。可第二天早上醒来，那借宿的人早就不见了。老两口儿想磨面粉做饭，可磨盘被偷走了！老两口儿难过得直想哭。公鸡听见了，对他们说：

"你们不要悲伤，那磨盘一定是被地主偷去了。我一定要去把它弄回来。"

老两口儿担心地说："你一只公鸡怎么能斗得过猎人呢？他会放狗出来咬死你的。"

大公鸡说："你们不要担心，我的本领和小磨盘一样大。"说完就告别老两口儿，向地主的庄园飞去。

公鸡飞过河流，飞过田野，遇见了一只老鹰。老鹰惊奇地喊道："你真厉害！我

还从没有见过飞这么高，飞这么快的公鸡呢！你要去哪里？"

公鸡说："昨天地主化装成猎人，把我家主人的小磨盘偷走了。我要去找地主讨回来！"

老鹰说："你真是一只勇敢的公鸡！我来帮你吧！"

"谢谢你，你可以爬进我的嗉囊里，我飞得很快。"

于是老鹰爬进了公鸡的嗉囊。说来也奇怪，小小的嗉囊居然把老鹰装下了。公鸡继续往前飞，又遇见了狐狸、獾和狼，他们听说这只不寻常的公鸡要去找地主报仇，都要求一起去惩罚那个坏人。公鸡请他们都钻进自己的嗉囊里。

公鸡飞啊飞啊，终于到了地主的庄园。这一天，地主因为得了神奇的宝贝，正在家里大宴宾客呢！他一边向亲朋好友们炫耀，一边盘算着现在可以卖掉多少个种粮食的农奴。公鸡降落下来，停在他家的房顶上，用力扇动翅膀，把沙土全都扇到地主的饭桌上去了，它大声唱道：

"咕加哩咕，狠心地主偷磨盘，不还就要闹翻天。"

地主看见这只公鸡在屋顶唱，把他的丑事都抖出来了，就叫用人们爬上屋顶把公鸡捉住。他恼怒地叫道："把这个饶舌鬼丢进鸡笼，让我的鸡把它啄死！"

公鸡被丢进鸡笼之后就大声喊："老鹰，老鹰，快出来，把地主的鸡都啄死。"老鹰从嗉囊里出来，把那些鸡全部啄死，然后告别大公鸡飞回森林里去了。公鸡又飞到窗台上唱：

"咕加哩咕，狠心地主偷磨盘，不还就要闹翻天。"

"该死的，"地主听见公鸡的叫声大喊，"我的鸡怎么没有啄死它？快把这个饶舌鬼抓住丢进鹅舍，让我的鹅把它拧死！"于是用人们又把大公鸡从窗台上赶下来，抓到鹅舍里去了。

公鸡对狐狸说："狐狸，狐狸，快出来，把地主的鹅都咬死。"狐狸听见了，就从嗉囊里蹿出来，把地主的鹅全部咬死了，然后跟大公鸡道别，跑回森林里了。公鸡又飞到窗台上唱：

"咕加哩咕，狠心地主偷磨盘，不还就要闹翻天。"

"天哪！这该死的公鸡还在那里叫唤！"地主气急败坏地跑出来，"快把它扔到猪圈里去，让我的猪把它咬死！"

就这样，大公鸡又被扔进了猪圈。它对獾说："獾呀獾，快出来吧，把地主的猪都咬死。"獾听见了，就从嗉囊里跑出来，把地主的猪一一咬死，然后也跑回森林了。

公鸡再一次飞上窗台，大声唱：

"咕加哩咕，狠心地主偷磨盘，公鸡还要闹翻天。"

用人们赶紧报告地主，地主跑到鸡笼一看：鸡全死了；跑到鹅舍一看：鹅全死

17

了；再跑到猪圈一看：猪也全死了。地主心疼得要命，这要花去他多少卢布啊？他自己挽起袖子，把公鸡给撵了下来，把它扔进马棚，然后把马的缰绳都解开，想让马把公鸡给踩死。

公鸡对狼说："狼呀狼，你也出来吧，把地主的马也咬死。"狼听见了，就从嗉囊里出来，把那些高头大马全都咬死了。狼对公鸡说："地主的牲畜都死光了，我也回去了。"于是狼也返回森林了。

公鸡开心地飞到屋顶上，大声唱：

"咕加哩咕，磨盘再不还，全家都毁光。"

地主咆哮着："我要把你变成一只烤鸡，看你还敢不敢在我家里捣乱！"这回他叫人捉住公鸡，直接送进厨房里。厨师把公鸡送进烤炉，一会儿就要变成烤鸡了。

地主这下得意了："哈哈，看来今年的复活节烤鸡我要先享用了。"他命人把烤鸡端过来，三下五除二地把公鸡给吞进肚子里了。他心满意足地拍拍肚皮，正想出去把宾客们都请回来，忽然听见右边的耳朵一阵"喔喔喔"的响声，叫得他一阵头晕目眩，差点儿晕倒在地上。那声音说：

"咕加哩咕，磨盘再不还，定要把命丧。"

地主大叫："快拿斧子来！公鸡就停在我右耳朵上！"有个用人从厨房拿来一把斧子，一下就切下了地主的一只耳朵，疼得他撕心裂肺地叫。他用手捂住右边脑袋，血顺着脸颊往下淌。可是那声音又在左边耳朵响起来，于是用人又飞起一斧子，把左边的耳朵也砍了下来。血把地主的衣服都染红了。

这时，公鸡的声音又从地主的肚子里传出来。一个用人举起斧子就想砍下去。

地主一边捂住脑袋一边喊:"混账东西,你想砍死我吗?"他跌跌撞撞地跑到屋里面,把那副用红布包好的小磨盘端出来,嘴里告饶道:

"公鸡大爷,这是你家的磨盘,我再也不敢害人了。"

说完这个,他忽然觉得肚子里一阵难受,"哇"的一声吐了起来。说来也奇怪,一只活生生的大公鸡居然从他嘴里钻出来,一点儿都没有受损伤。

公鸡用爪子把磨盘抓住,展翅飞上了天空,朝老两口儿家飞去。地上的人看见了都兴奋地大喊:"天哪!公鸡居然打败了地主!""公鸡居然能搬得动一副磨盘!"

老两口儿看见公鸡和磨盘都回来了,高兴极了。从此,他们就过上了幸福的生活。

三兄弟和玻璃山上的公主

(西班牙)

从前有三兄弟，跟着他们的父亲以畜牧和种植为生。有一年老农夫在山坡上开垦了一片新的草地。这块地的土地肥沃，草长得茂盛。可是夏至那天夜里，突然来了什么东西把草吃得干干净净，那个地方只剩下光秃秃的沙土。

老农夫认为是有人在搞恶作剧，等到第二年草又长起来的时候，他决定派一个儿子去看守这片草场，以免发生同样的悲剧。这个任务落到了老大的身上。

夏至这天夜里，老大一个人抱着被子跑到草棚子来守夜，他的胆子很小，生怕有什么妖怪闯进来。到了后半夜，他最担心的事情还是发生了。他正困得要命的时候，忽然听到草棚子被什么东西摇晃着，顶上的干草直往下落。老大吓得从床上滚下来，被子也不要了，拼命往家跑。

第二天一看，草又被吃得精光。

到了第三年的夏至，老农夫把老二叫来说："你哥是个胆小鬼，一点儿小动静就吓得他跑回家，你可别像他那样。"老二决定试一试，就拿了一把猎刀去守夜了。

老二也不敢睡觉，把猎刀紧抱在怀里，坐在草棚子的门背后。到了夜里，忽然一阵"轰隆隆"的敲门声。老二吓得大气都不敢出，也不敢出去开门。过了一会儿，敲门声没有了。他透过门缝向外面一看什么也没有，赶紧冲出门撒腿就跑，刀也扔在那儿了。

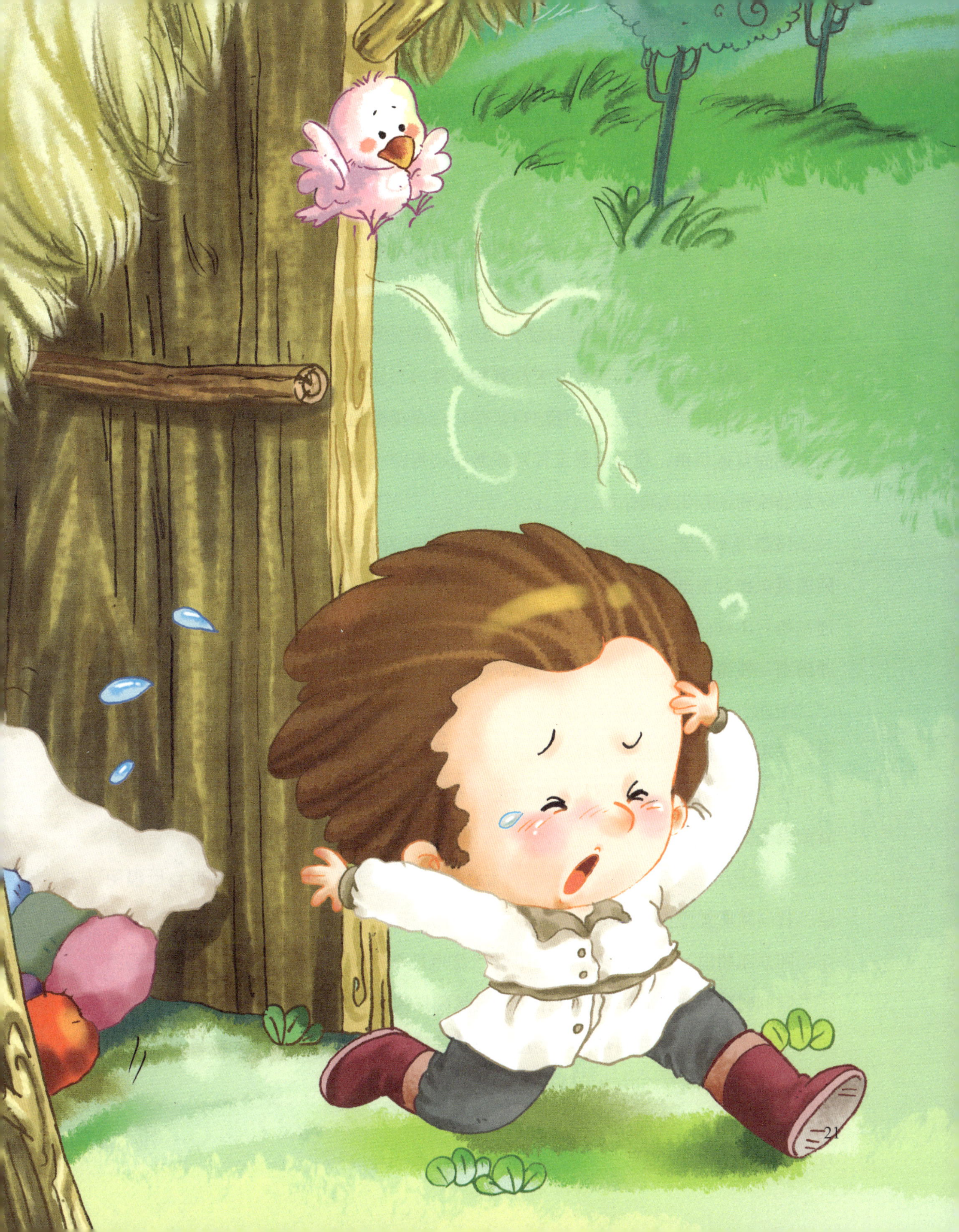

第二天老农夫一看，草又被吃得精光。

又过了一年，夏至来了。老农夫对老三说："可别像你两个哥哥那样胆小，我要不是腿脚不方便就自己去了。你这次一定要把草场看守好。"两个哥哥看着弟弟年轻瘦弱，一起嘲笑他说："可千万要活着回来啊。"

老三叫阿斯凯拉，他虽然年纪小，却是一个勇敢的少年。他带上自己的剑，住到了那间草棚子里。夜晚降临了，阿斯凯拉心想，就算真的有怪物来，那也是一头吃草的怪物，有什么可怕的？

怪物果然又来了。到了半夜草棚子被什么东西摇晃着，顶上的干草直往下落。阿斯凯拉把剑拔出来握在手里。等了一会儿，"轰隆隆"又是一阵敲门声。阿斯凯拉还是按兵不动。过了一会儿，传来一阵"咔嚓嚓"啃青草的声音。阿斯凯拉举着剑冲出去，外面什么人也没有，只有一匹黑色的骏马，马鞍上还挂着一副青铜盔甲。

阿斯凯拉心想，原来是一匹大马。他举起剑朝马扔过去，那马很驯服地站在那里一动不动。阿斯凯拉走过去摸摸马的鬃毛，又摸摸那精美的盔甲，那马朝他摇了摇尾巴。阿斯凯拉就把它牵到自己放牧的另一块草场，给它弄来上好的草料，然后就回家了。

老农夫第二天带着老大和老二去看，那块草地完好无损。两个哥哥心里很妒忌，就问阿斯凯拉："夜里没有怪物闯进来吗？"

阿斯凯拉说："可能是我运气好，什么事也没有发生。"

时间过得很快，转眼夏至又来了。虽然阿斯凯拉说没有什么妖怪，老大和老二还是不敢去守夜，那一回可怕的经历已经让他们刻骨铭心了。老农夫只好继续派小

儿子去看守草场。阿斯凯拉去守夜的时候，呵呵，又收服了一匹灰色的大马，比那匹黑马更高大健壮，马背上有一副银色的盔甲。又过了一年，他又收获了一匹白色的大马和一副金色的盔甲！马和盔甲都完美极了。但他没有把盔甲和马的事情告诉父亲和两个哥哥。

阿斯凯拉渐渐长成一个身强力壮的青年。有一天，他们所在的王国发布了一道布告——国王的女儿长大了，选择今年冬天出嫁，可是求婚的人实在是太多，国王只好让他们来一场比赛。他让女儿坐在玻璃山上，求婚者中谁可以骑马攀上那座山，就证明他是真正的勇士，才有资格成为国王的女婿。

国王事先让人凿出一条路通向玻璃山的山顶，公主就坐在山顶上，而参赛者是不准走这条路的。山那么陡峭，路像冰块儿一样光滑，怎么上去呢？有些人尝试了一下，摔得鼻青脸肿，马也受伤了。国王见状就说："这项比赛确实有点儿困难。但是我的奖励是丰厚的！无论谁成为最后的勇士，他不仅会成为我的女婿，还将获得国土的一半，算是公主的陪嫁。"

老农夫的三个儿子也听到了这个消息，老大、老二决定去碰碰运气，他们对阿斯凯拉说："你平时穿得又脏又破，没有一件像样的衣服，还是待在家里看门吧。"阿斯凯拉笑笑说："没关系，我就留下来陪着父亲。"

指定的比赛日到了，求婚的骑士们施展着自己的骑术向上攀登，可是玻璃山实在是太难攀登了，不一会儿就看见骑士们人仰马翻。虽然他们都很努力，可是都攀登不了多高就失败了。这时忽然听见一声嘶鸣，来了一匹黑色的骏马，马鞍和马嚼子都是青铜的，马上那骑士的盔甲也是青铜的，非常好看。

青铜骑士等旁人都退了下来之后,才向玻璃山进发。他的马跑到山三分之一的地方,终于累得不行了,他就掉转马头准备回去。这时公主在山顶远远地望见青铜骑士,看到他比别人都走得高,就扔给他一个金苹果。那骑士接住金苹果,什么也没说就走了。国王见到这种情形,就把骑士们都召进宫说,既然没人能攀到峰顶,那位攀最高的骑士理应成为优胜者。拿到金苹果的人可以站出来。没人站出来,也没人有金苹果。

阿斯凯拉的两个哥哥跟着骑士们一哄而散,回到家里他们开始谈论白天的事情。老大说:"那骑士的盔甲多么威风!"老二说:"他的骑术多么高明!"阿斯凯拉说:"我也想见见这位出色的骑士。"两个哥哥嘲笑他:"你还是留在家里烧火吧,你

去那里会给我们家丢脸的。"

第二天，两个哥哥又去看比赛。这次骑士们比昨天进步了一点儿，还有新的参赛者不断加入，可是他们离山顶的距离还是很远。到了最后，忽然来了一名骑士，身披银色的铠甲，骑着一匹灰色的大马。白银骑士攀到一半的地方终于也支持不住了。公主像昨天一样，又扔了一个金苹果给他。可是等国王召集骑士们寻找金苹果得主的时候，白银骑士也没影儿了。

阿斯凯拉的两个哥哥回到家里，继续谈论今天的比赛。阿斯凯拉对他们说："这个白银骑士比青铜骑士还要厉害，要是我能见见他就好了。" 两个哥哥说："你还是省省吧，你知道白银骑士多么高贵吗？你靠近他的身边会感到羞愧的。"

到了第三天，同样的事情又发生了，其他骑士还是攀不上玻璃山。最后，一位穿金色盔甲的骑士，骑着一匹白色的骏马飞驰而来。骑士像箭一样冲上山顶，公主还没有看清楚他的脸，骑士已经到了她的面前，拿走了第三个金苹果。

国王召集起所有的骑士，还是找不到一个拥有金苹果的人。他生气了：难道这些优秀的骑士都不愿意娶我的女儿吗？他下令把所有善于骑马的人挨个盘问一遍，可他们却没有金苹果。

阿斯凯拉三兄弟也被带到王宫外面。国王问："你们有金苹果吗？"老大、老二摇摇头。只见阿斯凯拉脱掉身上的破衣服，露出一身金色的铠甲，他从衣袋里拿出金苹果，一个，两个，三个。

国王高兴极了。阿斯凯拉成为了国王的女婿。当晚，国王就为他和公主举行了隆重的婚礼，并送给他一半的国土。从此，他和公主过上了幸福美满的生活。

神奇的鸡蛋

（美国）

从前有个女孩叫珍妮，她妈妈死得早，后来就跟着后妈生活。后妈有个女儿叫罗丝，她们心肠不好，老是欺负珍妮，叫她干很重的活儿。

有一天，后妈叫珍妮去园子里干活儿。珍妮把青菜都割下来放进筐里，然后背到井边，打起一桶水把菜洗干净，背到厨房里。后妈说："后院的萝卜还没有收呢，快去把萝卜收回来。"

珍妮已经很累了，肚子也饿得受不了。但是她没有办法，只好又背着筐子到后院去拔萝卜。珍妮拔了几个，感觉一阵头昏眼花，就坐在墙根休息。这个时候，她看见墙根有一撮很大的萝卜叶子。"这一定是一根最大的萝卜。"珍妮心里想，就站起来用力把萝卜往外拉，可是这根萝卜长得真好啊，牢牢地陷在土里。珍妮往后仰着身子，用尽全身的力气拉呀拉呀，"扑通"一声，她摔在了地上。

珍妮挣扎着爬起来，手里还攥着那根大萝卜。她仔细一瞧：墙脚的那个大坑里黑乎乎的，就像一个洞，看不到底。她走到那个洞前面，正想探头往里面看，忽然有一股力量在下面拖她的脚——"嗖"的一声，她滑到那个大洞里去了！

等她再睁开眼睛，眼前一片光明，前面有一座小木屋敞开着门，里边坐着一位老奶奶，正在那里煮菜，旁边还坐着一只老鼠和一只兔子。老奶奶把菜舀到它们面前的盘子里，那菜真香啊，好像是萝卜和肉烩成的肉汤！老奶奶看见珍妮，冲她招

招手。珍妮肚子饿极了，但是她想起自己还得回去拔萝卜，就对老奶奶说："谢谢您。可是我还有很多活儿要干呢，我得赶紧回去，要不然妈妈和姐姐都会生气的。"

珍妮说完这些话，忽然觉得眼前一束光闪过——她又回到院子里了，脚边的筐里装满了干干净净的萝卜。珍妮赶紧背着萝卜回到家里。

第二天，后妈叫珍妮去打水。珍妮刚从井里打上来一桶水，就来了一个老奶奶，正是那天珍妮在地洞里看见的煮菜的那个奶奶。老奶奶对珍妮说："好孩子，我很渴，给我点儿水喝吧。"珍妮舀了一瓢水给她喝，老奶奶一口就喝干了。珍妮又舀了一瓢给她。老奶奶还是说口渴，就这样，一桶水都被她喝干了。

珍妮连忙从井里又打了一桶水，老奶奶还是一瓢接一瓢地把水喝完了。虽然很累，珍妮还是又打了第三桶水，提到老奶奶跟前。老奶奶笑着说："好孩子，奶奶已经喝够了，你把这桶水背回家吧。"

又过了几天，后妈不知因为什么事情发起火来，用扫帚打珍妮。等到吃饭的时候，她不让珍妮

吃饭，罚她去树林里拾柴火。

　　珍妮伤心地在树林里走着，天已经很晚了，她越走越害怕，禁不住哭了起来。这时候，上次找她要水喝的老奶奶忽然从一棵大松树后面走了出来。老奶奶问珍妮："孩子，你为什么一个人在这儿哭呢？"

　　"妈妈打我，还不给我饭吃。"珍妮哭着说。

　　老奶奶说："跟我来吧，好孩子，我给你做饭，再给你一张舒服的床睡觉。不过你可得保证，无论看见什么事情都不要笑。"

　　珍妮跟着老奶奶，一步步地穿过森林。走了一会儿，她忽然看见两个细细的黑

色树枝一样的胳膊在打架。她觉得很奇怪，但是没有吭声，也没有笑。又走了一会儿，她看见两条腿在打架，再走了一会儿，她看见两个脑袋在追来追去。

老奶奶好像猜透了她的心思，就问："孩子，你还愿意跟我去吗？"

珍妮点点头。于是她们就走到一座木屋前面，和珍妮在地洞里看见的那个木屋像极了。老奶奶说："孩子，我们来做饭吧。"就交给她一块骨头，让她去煮肉，然后自己切起面包来。珍妮把骨头往炉子上一放，呵呵，锅里就出现了香气扑鼻的肉汤。

老奶奶把肉汤和面包平分成四份，就喊："孩子们，出来吃饭吧。"不知什么时候，老鼠和兔子也钻了出来，坐在桌子前面。珍妮以前很怕老鼠，可是这只老鼠一点儿都不脏，穿着干干净净的黑色小礼服，还扎着红色的领结。而兔子则穿了一身灰色的大衣。他们都很友好地跟珍妮握了握手，然后大家一起高兴地吃起晚饭来。

吃完饭，老奶奶就给珍妮安排了一张舒服的小床。兔子和老鼠也回自己的房间去了。第二天早上，老奶奶对珍妮说："现在该回家了，你是一个善良的孩子，我要送你一件礼物。你到屋后的鸡窝里去捡三个鸡蛋拿回去。你要注意，拿的时候挑那些说'拿我吧'的鸡蛋。而那些说'别拿我'的鸡蛋你就不要去动，因为它们还没有成熟呢。"老奶奶把筐子递给珍妮："你回去的时候，把鸡蛋扔在森林里，自然会有一些好东西长出来。"

珍妮到屋后去拿了三个鸡蛋，在回家的路上，路过森林的时候，她把鸡蛋扔在那些树下面。真神奇！树下面像长蘑菇一样长出了许多宝贝——金币、首饰和漂亮的衣服。珍妮高兴地把它们捡起来放进筐子里背回家。

后妈正在家里发火，看见珍妮回来了便想骂她，可珍妮像变魔术一样拿回来那

么多好东西。后妈高兴极了，赶紧拿出好吃的东西来讨好珍妮。后妈说："乖女儿，你是怎么找到这些宝贝的？"珍妮就把老奶奶给鸡蛋的事情都告诉了她。

后妈心想，怎么我生的女儿就没有这样的好运气？于是就把自己的女儿罗丝叫过来说："你也去树林找那老太婆。"还挑了一个大筐子给她，叫她把筐子装满再回来。

罗丝背着筐子来到树林，果然又遇见了老奶奶。罗丝假装很伤心的样子哭了起来。老奶奶就像对珍妮一样，把她领到小木屋去。一路上罗丝看见好多胳膊、大腿，还有脑袋在打架，她觉得很滑稽，就哈哈大笑。老奶奶说："我的孩子，你不应该笑话它们。"

到了小木屋，罗丝像珍妮一样坐上了餐桌，可等她看清楚桌子前还有一只兔子和一只老鼠时，恶心得直吐唾沫。老奶奶看了摇摇头。

第二天早上，老奶奶对罗丝说："虽然你不是我喜欢的孩子，我还是要送你一个鸡蛋。记住你要挑说'拿我吧'的鸡蛋，不要捡其他的。"罗丝走到屋后一看，果然有好多鸡蛋躺在鸡窝里，可是只有一个说"拿我吧"。她很贪心，就拿了好几个说"别拿我"的鸡蛋。

罗丝走到路上，把鸡蛋打破，里面哪里有金银财宝，尽是些蛇啊、虫子啊、青蛙啊，吓得她撒腿就跑。

后妈在家里满心欢喜地等着女儿回来，可是罗丝两手空空地走回来了。后妈生气极了，再也不疼她了。

宝 鞋

(英国)

杰克今年才14岁，就要出门闯荡了。他的爸爸妈妈刚去世，爸爸临终前，给了他一双很破的木鞋，嘱咐他一定要带着这双鞋出门。

杰克心里很纳闷儿，爸爸什么都不让他带，却让他带一双破木鞋，究竟是为什么呢？他带着疑问出发了。

走了一天的路，杰克有点儿累，就坐在路边休息。看着包袱里的破木鞋，杰克顺手拿了出来，穿在脚上，想试试鞋的大小。哪知道，刚穿到脚上，这双鞋就不停地跳起舞来。杰克无法控制自己的脚了，也随着鞋子跳了起来，越跳越快，踏着美妙的鼓点，跳起了世界上最好看的舞蹈。

跳了很久，杰克累坏了，可鞋子还是停不下来，杰克只好把它脱下来。

到这时，杰克才明白这双鞋不是普通的鞋子，而是一双宝鞋。杰克高兴极了，原来爸爸留给他一双宝鞋。他把宝鞋包好，兴奋地站起身，想继续赶路。

正在这时，旁边过来一位面目狰狞、衣衫褴褛的秃顶老汉。这个老汉是附近有名的恶人，经常欺负别人。刚才他在杰克旁边休息，知道杰克拥有一双宝鞋，老汉提出用两个金币买杰克的这双鞋。

两个金币都可以买二十双新鞋了，想到这里，杰克毫不犹豫地答应了。杰克接过金币后，把鞋子交给了秃顶老汉。老汉心中暗喜，因为这两个金币是假的。

34

哪知道，秃顶老汉刚一穿上，这双鞋子就跑了起来，边跑边跳，专门往石头、蒺藜多的山道蹦。老汉可就惨了，一会儿工夫，老汉全身都被灌木、尖石划破了，鲜血淋淋的，惨不忍睹。

杰克看到这种情况，赶紧跑过来，帮助秃顶老汉脱下鞋子，宝鞋才停了下来。老汉本来想占便宜，用假币买一双宝鞋，没有想到宝鞋专门害自己，吓得也不敢要宝鞋了。他扔下宝鞋，转身就逃，也顾不上向杰克要假金币。

杰克放好宝鞋，起身赶路，日夜兼程地往京城方向走。

这一天，杰克来到了京城。一进城门，他的眼睛都看花了。商店里琳琅满目，五彩缤纷；街道上人群拥挤，熙熙攘攘。好大好大的城堡四周都耸立着塔楼，士兵们严密地监视着城内的居民。

杰克在城堡里转悠了一会儿，感觉有些不对劲。因为城里的居民很多，大街上你来我往的，可是，所有的市民都穿着黑衣服，走路低着头，神情哀伤凄凉，好像发生了什么不幸的事。

这么宏伟、美丽的城堡，本来应该生活得很快乐，可这些人都很忧郁，究竟发生了什么事呢？杰克心想。

不管三七二十一，先让这座城市快乐起来再说。杰克把宝鞋拿出来，穿在脚上。立刻，杰克随着宝鞋，跳起了世界上最美丽的舞蹈，唱起欢乐的歌。大街上的人们，刚开始都用奇怪的眼神看着杰克。慢慢地，有一两个人开始跟着跳舞，拍着手唱歌。接着又有人加入……跳舞的人越来越多，不一会儿，大街上的居民都随着杰克的舞蹈欢跳起来。

大伙儿正跳得高兴，不知道谁说了一声："公爵来了，大家快逃！"话音刚落，大街上的居民都四散奔逃，刹那间跑得无影无踪，只剩下杰克一个人站在大街中央。

杰克还没有反应过来，迎面飞驰过来一匹黑马，上面坐着一位相貌凶恶的矮胖子。胖子全身也是黑色的服装，手执马鞭，来势汹汹。原来他就是国王的弟弟爱德华公爵。

爱德华公爵气呼呼地说："现在正是国王服丧期间，是你在这里捣乱？"

杰克回答说："对不起，我是从外国来的，不知道咱们全国都在服丧。"

爱德华公爵一扬马鞭，说："那你快滚，不然把你抓起来！"

杰克收起鞋子，赶紧往回走，不然，公爵要下令抓他了。

杰克走到城堡外的一家客栈停了下来，在客栈里喝茶，问店小二这位公爵的来历。店小二往四周看了看，见没有人注意自己，就小声对杰克说："我告诉你，这位公爵是国王的弟弟。自从国王唯一的爱子死了之后，公爵趁机让国王长年服丧，企图让国王悲伤而死。现在城堡里已经服丧五年了。而公爵自己在别的城堡里却花天酒地，逍遥自在。要再这样下去，整个国家就要灭亡了。"

杰克心想，这位公爵这么歹毒，不仅处心积虑地暗算国王，还要全城居民服丧。要想个办法拆穿公爵的阴谋，让国王高兴起来。

杰克终于想出了一个冒险的办法。

第二天一早，宫廷照例要举行会议，商议国家大事。杰克穿上宝鞋，顿时像飞一样，向国王的城堡跑去。鞋子的速度太快了，守护王宫门口的侍卫们只觉得眼前一花，好像有什么东西从眼前飞过，杰克已经跑到宫廷大殿里面了。

国王正在和公爵、大臣们商议国事，忽然觉得眼前一晃，定神一看，殿下跑过来一个小孩儿，脸色红润，穿着一双破鞋，却跳着从来没有见过的舞蹈。这个小孩儿跳得太好了，是世界上最美丽的舞姿，同时，小孩儿还唱着动听的歌。国王从来没有见过这么美妙的舞步和这么动听的歌，多年来郁积在胸中的闷气一扫而光。

　　过了不知多久，杰克停了下来。国王很亲切地问："小孩儿，你跳得真好。你别走了，以后在我的宫廷里陪伴着我吧！把你的欢乐带给城堡里的每一个人。"

　　杰克很愉快地答应了。可是，公爵却嫉恨起来。因为他处心积虑地想要登上国王的宝座，绝不能允许杰克得宠，破坏了自己的计划。他走上前来，说："国王陛下，这个小孩儿昨日在大街上妖言惑众，煽动民众造反。还有，他之所以跳舞跳得好，是因为有这双宝鞋。我要是有的话，也能跳得很好。"

　　公爵的舞蹈在王城里是数一数二的，国王也很清楚。可是，他也想看看小孩儿的这双鞋究竟有多大威力，就同意公爵试试宝鞋。

　　公爵接过杰克的宝鞋，穿到脚上。这双鞋很怪，能够自动调整大小，无论谁穿上都正合适。公爵刚一穿上，鞋子就像钉到地上一样，公爵动弹不得。原来这双鞋子会分辨好人和坏人，好人穿上的话，想干什么都能做到；要是坏人的话，宝鞋专门整治他们。

　　宝鞋知道公爵这个人很坏，企图谋害国王，现在又陷害杰克。它就变得像山一样重，让公爵无法跳舞。

王宫里的人们都哈哈大笑起来,国王也笑了。公爵作威作福惯了,经常欺负别人,大臣们都是敢怒不敢言。今天公爵当众出丑,大臣们甭提多开心了。

公爵很羞愧,赶紧脱下宝鞋,跑出王宫,永远也不回来了。国王非常喜欢杰克,每日都让杰克陪着自己,后来又立杰克为王位继承人。

过了两年,老国王死去,杰克成为城堡里的新国王。在杰克的精心治理下,国家强盛,百姓安居乐业,人们都过上了幸福快乐的日子。

木 汤 勺

（法国）

勒兹丽娜从小就很懂事，经常帮助爸爸妈妈干活儿。可是，小姑娘有个毛病，就是不喜欢做饭。因为妈妈做的饭太好吃了，她想着可以一辈子让妈妈做饭，说什么也不学做饭。每天到吃饭的时候，她第一个跑进厨房，大声地嚷嚷："妈妈，今天做什么饭了？"妈妈笑着把饭端出来，一家三口美美地吃一顿。

好景不长，妈妈突然得了一种很怪的病，抢救无效去世了。勒兹丽娜和爸爸可发愁了，爸爸有个嗜好，只喜欢吃妈妈做的饭菜，别的饭菜吃不进去。懂事的小勒兹丽娜决定学习做饭。

从早上开始，小勒兹丽娜就买来许多蔬菜、牛排，借来一本菜谱，在厨房里忙上忙下，一直忙到中午，还没有做出一道可口的饭菜。爸爸和她只好吃一些硬面包和干奶酪充饥。就这样，一个月过去了，小勒兹丽娜还

是没有烧出妈妈饭菜的味道，爸爸每天吃很少的面包，越来越消瘦了，神情萎靡，整天不言不语。

小勒兹丽娜看着爸爸一天天消沉下去，自己又做不出妈妈做的好菜。想到这里，小勒兹丽娜在厨房里哭了起来，越哭越悲伤，声音也越来越大，哭声都传到房子外面的大路上。

忽然，小勒兹丽娜身后出现一位老婆婆，白发苍苍，衣衫褴褛，拄着一根拐棍。老婆婆走到小勒兹丽娜面前说："我的好孩子，能否给我一些东西吃？"

小勒兹丽娜以为是要饭的，好心的小姑娘马上答应了："可以呀！老婆婆！只是我不会做饭。"

"没有关系！我只要一些干面包和水就可以了。"老婆婆说。

小勒兹丽娜转身从橱柜里拿出一大块面包，递给老婆婆，还给她端了一杯热水。老婆婆坐在旁边，慢慢地吃着。小勒兹丽娜把自己一个月来的委屈，都给老婆婆讲了一遍，恨自己不会做饭。老婆婆吃着面包，静静地听着，一言不发。

过了一会儿，老婆婆吃完面包，站起身说："好心人，我没有钱给你，只有身边这一个礼物送给你，希望以后你会幸福。"说完，从身上掏出一把木勺子。这把木勺子普普通通，没有什么稀奇的，可是小勒兹丽娜知道，这是老婆婆的心意，二话不说就接下了。老婆婆转过头，拄着拐棍慢慢地走了。

小勒兹丽娜送走了老婆婆，坐在厨房里开始发愁，因为快要到中午了，饭菜还是没有做出来，看样子爸爸和自己仍旧要吃硬面包和干奶酪。她站起身，拿起老婆婆给她的木勺子，想放到厨房的台子上。

就在这时，木勺子自己飞了起来，在厨房里盘旋，一会儿飞到面粉袋处舀了一些面粉，一会儿跑到油盐处取了一些油盐，还自己将铁锅洗净，放上合适的汤料，开始煮起汤来。一会儿工夫，香甜可口的汤煮好了，木勺子很乖巧地飞到小勒兹丽娜的手里。小勒兹丽娜过去一看，木勺子煮的汤和妈妈以前煮的汤一模一样，她高兴得蹦了起来。

小勒兹丽娜走进卧室，把汤端给躺在床上的爸爸。爸爸还以为是小勒兹丽娜请别人烧的汤呢，一挥手想让她端走，因为爸爸只吃妈妈做的饭菜。这时，爸爸闻见汤的味道非常香甜，和妈妈以前做的汤味道一模一样，就忍不住接过来喝了一口。果然香甜可口，和妈妈做的一模一样，爸爸一口气把它喝完了，最后还把碗边舔个干净。小勒兹丽娜在旁边偷偷地笑，心想，以后有这木汤勺帮忙，爸爸每天都可以吃上妈妈做的饭菜了。

就这样，每到做饭的时候，小勒兹丽娜就把木汤勺拿出来，告诉它今天做什么饭。木汤勺马上就飞舞起来，自己在厨房里飞来飞去，一会儿就把饭菜烧好了。更不可思议的是，木汤勺的饭菜做得越来越好，就是天下最好的厨师见了，也会自叹不如。

几年过去了，小勒兹丽娜也长成了大姑娘，亭亭玉立，端庄贤惠。每天还是让木汤勺做饭，爸爸吃得很香，现在也成了大胖子，每天笑呵呵的，非常开心。

这一天，城堡里的公爵要接待一位王子，这位王子即将继位，成为这个国家的国王。老公爵为了巴结未来的国王，趁王子到本地游玩打猎的机会，决定在城堡里举行盛大的宴会，为王子接风洗尘。老公爵特意请天下第一名厨刘师傅掌厨，还请了一些在厨房做杂役的年轻女工，勒兹丽娜也被请去帮忙。

刘师傅准备了很多蔬菜、料酒和各种山珍海味，准备在第三天大展身手，做一顿丰盛的美餐，好好招待王子。他杀鸡、剁肉、剥笋、洗果肴，样样都亲自动手，生怕别人做不好。可是，由于连续几天的过度劳累，到第三天早上时他病倒了，病情很严重，躺在床上不能下床。怎么办呢？中午就要做菜招待王子了，偏偏在这个时候病倒了，老公爵要怪罪的话，自己的地位和名誉都毁于一旦啊！老厨子愁眉不展，不住地唉声叹气。

勒兹丽娜知道情况后，对老厨子说："师傅，你放心养病吧！中午的宴会我一个人就可以完成。"

老厨子不放心地说："你还年轻呀！没有经验，中午这么多人的宴会，需要做出甜食、鸡鸭、肉食，你行吗？"

勒兹丽娜拍着胸脯说："包在我身上。不过我有个条件：厨房里只能让我一个人在里面做饭。"原来，勒兹丽娜来公爵府的时候，把木汤勺也带在身上了，她要用木汤勺给王子做饭菜。

老厨子也没有办法，只好答应了勒兹丽娜的请求。

勒兹丽娜一个人关着厨房大门在里面忙了起来,只见木汤勺飞来飞去,菜肴一道道地做好了。

宴会开始了,老公爵陪着王子坐在上座,吩咐仆人上菜。一道道菜肴,清香扑鼻、香气弥漫。大伙儿尝一口,异口同声地说"好吃"。每上一道菜,大伙儿都抢着吃,从来没有吃过这么好吃的菜肴。尤其是最后一道——苹果蛋糕,只有神仙才能做得出来,玲珑剔透,晶莹别致。大伙儿都不忍心用刀叉切开它。吃到嘴里,是一种从来没有过的陶醉感。

王子非常高兴,要求老公爵请出掌厨的师傅,要重重地赏赐。仆人去请厨师,

才知道老厨师病倒在床上，宴会的菜肴全是勒兹丽娜做的。把勒兹丽娜请到宴会厅，王子一看，眼珠就不转了，勒兹丽娜长得太漂亮了，圆圆的大眼睛忽闪忽闪的，金黄色的头发，远远看去，就像仙女下凡。王子一下子就爱上勒兹丽娜，当场向她求婚。因为王子长这么大，还是第一次爱上别人。

勒兹丽娜也很喜欢英俊的王子，脸色通红地答应了。顿时，大厅里一片欢歌笑语，掌声如雷。老公爵心里也很高兴，王子在自己的城堡里找到心上人，那以后自己的地位和荣誉肯定无忧了。

王子带着勒兹丽娜回到城堡，举行了盛大的结婚典礼。很快，王子继承父位成为国王，勒兹丽娜也封为王后，两人过着幸福的生活。

而那个木汤勺呢？还在勒兹丽娜身边呢！每天都给国王和勒兹丽娜两人做饭，做出的饭菜还是那么好吃。他们好幸福呀！

偷 白 菜

(罗马尼亚)

在地中海的北岸，住着一对老夫妻，两人靠打鱼为生。每天渔夫撑着一条破船到海上打鱼。老太婆自己在家里做一些家务，等着渔夫打来鱼做饭。

海上风高浪急，渔夫的破船在海浪上漂来漂去，随时都有可能翻船。渔夫的那张破渔网已经用了十年了，破旧不堪，鱼稍微大一点儿，就有可能撕破渔网。

渔夫好想有自己的新船和新渔网，这样的话，渔夫打鱼就会容易一些，可以打更多的鱼，老夫妻俩就可以吃一顿好的。可是，现在家里很穷，买不起新船和新渔网。渔夫每天出海，也只能捕捉到几条小鱼。

就这样，日复一日，年复一年。每天老夫妻俩都是靠吃鱼维持生活，一天三顿鱼，早上煮鱼，中午蒸鱼，晚上熘鱼。两人吃了很多年，实在是乏味极了，到后来，老夫妻俩看见鱼都想吐。

有一天，老太婆说什么也受不了了，就对渔夫说：

"亲爱的，我不想吃鱼了。多想吃点儿别的东西呀！哪怕一点儿也好！"

渔夫听完，眼泪都流下来了。因为，老太婆当年嫁给他时才18岁，正是妙龄少女。她不顾渔夫家里有多穷，毅然嫁给了他，每天跟着他吃苦受累。这么多年来，老太婆无怨无悔，黑发变成了白发，细嫩白皙的额头添了无数的皱纹。老太婆每天都在家里不知疲倦地忙家务、做饭。最让渔夫感慨的是，自从老太婆嫁过来后，就没有吃过别的东西，每天吃鱼。妻子跟着自己受了多大的苦呀！

老太婆又说："我看邻居家种了很多白菜，能不能弄棵白菜来，哪怕一棵白菜也是好的，我真的很想吃一点儿别的东西。"

渔夫为难地说："那白菜是邻居家的，咱家又没有种。明年我们也在沙滩上种些白菜吧！"

"可是，我现在就想吃。天天吃鱼我实在受不了了。"老太婆哀求他。

渔夫心里也很急躁，开始发火："那我没有办法，只能吃鱼啦！我跟你没有话说。"两个人结婚几十年来，今天是第一次生气。夫妻俩都没有吃饭就睡觉了。

渔夫躺在床上，翻来覆去，怎么也睡不着觉，心里一直想着以前老太婆的好处。夫妻俩恩恩爱爱，丝毫不嫌弃自己家穷，几十年来，和自己风雨同舟，患难与共。可是，自己始终没有让老太婆过上好日子，甚至连别的东西都没有让老太婆吃

过，每天只能吃鱼，自己实在对不起老太婆。

想到这里，渔夫更加愧疚了，偷偷看了一下躺在旁边的老太婆，他决定想办法弄一些白菜，哪怕给妻子熬一点儿白菜汤喝。于是，他想趁黑夜到邻居家的白菜地里，偷一棵白菜。

他假意告诉妻子说："今天晚上要去修理破船，以便第二天早上照常出海。"说完便出去了。

过了一会儿，天黑了。渔夫悄悄地从破船旁边，向邻居家的白菜地走去。以前渔夫每天出海打鱼，白天很少在家。对于邻居家的白菜地一点儿也不熟悉，他估计着大致的方向摸过去，看见前面有一个小园子，知道这就是邻居家的白菜地。

在海边种菜，必须把菜地四周围上栅栏，安几个小门，不然野兽常常趁夜偷菜。海水涨潮的时候也会冲走菜。所以一看到菜园的门，渔夫就知道自己找对地方了。

渔夫察看了一下四周的动静，没有什么异常。海风微微吹拂着园子，远处海浪低沉的啸声好像在说："没有动静，快去拔吧！"

渔夫壮了一下胆子，蹑手蹑脚地钻进菜园，看到满地的白菜，一棵棵茎苞硕大，好像快要出嫁的姑娘一样，很害羞地把全身包得紧紧的。

渔夫刚弯下腰，正想去拔一棵大白菜。忽然，他看见菜地西头有一个女人也在弯着腰，好像在坐着看白菜。由于天黑雾大，离得也远，隐隐约约地看不清楚，只能看出是个女的。他大吃一惊，以为是邻居家的女主人在那里守护白菜呢！渔夫也来不及拔白菜，转身就跑，生怕女主人追过来，认出自己。

渔夫气喘吁吁地跑回家，刚一进门，看见老太婆也神色慌张、气喘吁吁地跑回来，脸色发青，好像见到什么吓人的事一样。渔夫心想，我为你到邻居家偷白菜，差一点儿被女主人逮着，你跑哪儿去玩了？他心里很生气，大声地说："你去哪儿了？"

老太婆支支吾吾，最后才说："我到邻居家园子里偷白菜去了。"原来，渔夫躺在床上想了半天，决定天黑去偷邻居家的白菜，还骗妻子说在外面修船。妻子在房间里也睡不着，男人整天在海上劳累，拼命打鱼维持生活，自己没有收入，还和丈夫吵架。她心里过意不去，就想天黑到邻居家偷一棵白菜，回来给丈夫炖汤喝。两个人想到一块儿了。

渔夫接着说："你怎么也去偷白菜了？偷到没有？"

"没有,我跑到白菜园子里,刚想弯腰拔白菜,看见对面邻居家的男主人在地头弯腰坐着,吓得我赶紧跑回来了。没有来得及拔白菜。"老太婆说。

"什么?"渔夫感觉很奇怪,赶紧问她,"你看清楚没有,到底是男主人还是女主人?"

"我肯定是男主人,正在弯腰看白菜呢!"老太婆很肯定地说。

渔夫心里一动,连忙问:"对了,你是从哪个小门进去的?男主人在哪个位置站着?"

老太婆不明白怎么回事,觉得自己很委屈,低声说:"我从菜园西门进去的,看见男主人在菜园东门菜地边蹲着,看护着白菜。"

渔夫一拍大腿，说道："那是我呀！我正好在东门菜地边偷白菜，我还以为你是女主人呢！"正说到这里，忽然听见有人敲门，是邻居家女主人的声音，两人大吃一惊，以为事发了，女主人找上门来了。

渔夫打开门，正是邻居家的女主人。老夫妻当场面色苍白，两腿打战，不知道说什么好了，都站着发呆。

女主人笑了笑，很客气地说："你们俩还没有睡吧？我想请你们帮个忙。"

"什么忙？"老夫妻俩很不解地问。

女主人说："我们一家人长年吃白菜，早就吃腻了。想吃一点儿鱼，换换口味。

你们能否给我一条鱼?"

渔夫连忙点头:"可以可以!"转身从鱼篓里拿出几条鱼,交给了女主人。

女主人又说:"我不能白拿你的鱼,这是我从地里拔的白菜,拣最大的给你们拔了一棵。以后咱们两家,可以用白菜和鱼换着吃,这样就都可以调换一下口味了。"说完,女主人拿着鱼,转身离去了。

老夫妻两个人面面相觑,不知道说什么好。两人愣了半天,渔夫长叹一声,说道:"还是邻居聪明多了,知道用白菜换鱼,而咱俩竟然没有想到这个办法,偷白菜不成,还闹出这个大笑话。看来,做人还是要诚实的好。"

两个人用女主人拿来的白菜,炖了半锅白菜汤,夫妻俩美美地吃了一顿。

从此,老夫妻两人想吃白菜的时候,就拿着鱼到邻居家去换白菜,邻居也经常过来,用白菜换鱼,两家和和睦睦地生活着,你来我往的,海滩边的欢声笑语更多了。

农民和百灵鸟

（保加利亚）

有一个农民，老实忠厚，常年在一块偏僻的山地上种粮食。这块地很怪异，正中间长着一棵大树，大树上面有一个百灵鸟窝。

这位农民每天在地里干活儿，累了就坐在大树下，和百灵鸟做伴。每当农民有什么心事的时候，都对着树上的百灵鸟倾诉，说完之后，他就感觉心里很舒畅。

有一天，他家里穷得没有东西吃了，又跑到百灵鸟窝下哭诉，正说着自己的难处，没有想到百灵鸟说话了："可怜人，你不用担心，让我来帮助你吧！"

农民很惊奇，他第一次见到百灵鸟说话，就问："神鸟，你真的能够帮助我？"

百灵鸟说："当然了。你往大树下挖一个一尺深的坑，里面有一个铜钵，把它拿出来吧！"

农民根据百灵鸟所说的，用锄头在大树下挖了起来，果然，挖了大约一尺深的地方，发现一个铜钵，毫不起眼，铜钵里全是泥土，看样子在地下埋了很长时间了。农民把铜钵拿在手里，将信将疑地问百灵鸟："这东西有什么用？"

百灵鸟说："你只要对着铜钵说三声你想要的东西，马上就会实现你的愿望。"

农民不信，就往后退了一步，对着铜钵说："铜钵铜钵，我要面包、奶酪！"连续说了三遍。刹那间，他面前出现了一大块热气腾腾的面包，还有涂着油脂的奶酪。农民高兴极了，拿着铜钵回家了。

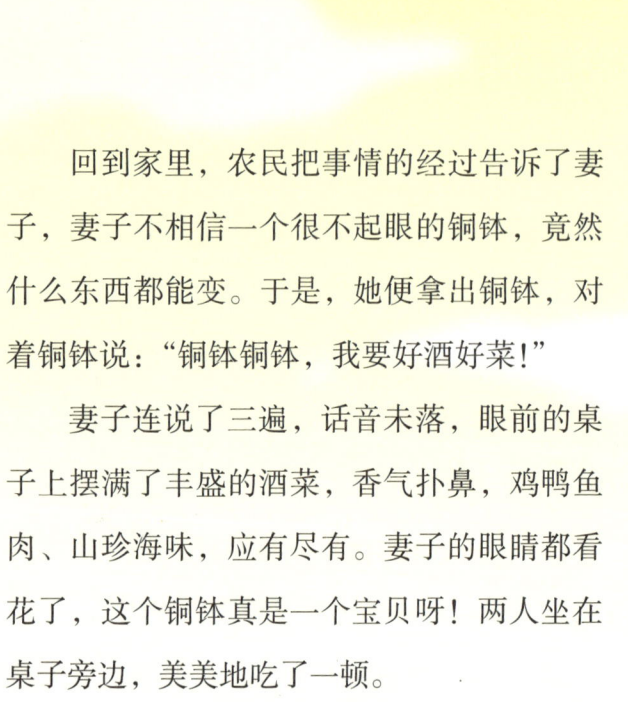

回到家里，农民把事情的经过告诉了妻子，妻子不相信一个很不起眼的铜钵，竟然什么东西都能变。于是，她便拿出铜钵，对着铜钵说："铜钵铜钵，我要好酒好菜！"

妻子连说了三遍，话音未落，眼前的桌子上摆满了丰盛的酒菜，香气扑鼻，鸡鸭鱼肉、山珍海味，应有尽有。妻子的眼睛都看花了，这个铜钵真是一个宝贝呀！两人坐在桌子旁边，美美地吃了一顿。

就这样，每天妻子想吃什么，就拿出铜

钵，对着铜钵说三遍，铜钵马上变出她想吃的菜肴、果品。可是，时间一长，妻子有些不满足了。因为农民和她两个人住的房子太破了，只有两间草棚，下雨天老漏雨。妻子便拿出铜钵，说道："铜钵铜钵，我要最好的房子和金银珠宝！"连续说了三遍，顿时，妻子和农民发觉自己站在一座富丽堂皇的宫殿里面，到处金灿灿的，地上堆满了各式各样的金银珠宝。这一切都是自己的了，农民和妻子两个人惊喜万分，手舞足蹈地跑过去拾金银珠宝。

两人一夜之间暴富，顿时成为神话，传遍了全国。国王听说后，有点儿不相信，心想，这些只不过都是谣传罢了！可是，他还是忍不住想去看个究竟。于是他乔装打扮，假扮成一个普通的商人，来到农民家。一看，国王倒吸了一口凉气，他从来没有见过这么豪华、富丽的宫殿，高大宏伟，金柱上刻龙雕凤的，栩栩如生。自己的王宫与这里比起来，简直是小巫见大巫。

国王知道，这座宫殿的主人肯定有什么奇遇，或者得到什么宝贝了，才会有这么好的宫殿。于是，他不动声色，假装慕名前来，和农民套近乎。国王巧舌如簧，能说会道，一会儿就和农民混熟了，在农民的宫殿里住了下来。

两人每天都在一起饮酒作乐，几天工夫国王就成为农民最贴心的朋友，农民把铜钵的事情都告诉了国王。国王一听，立刻想出了坏主意，想偷走铜钵。

第二天，国王和农民照常喝酒。国王很殷勤地向他敬酒，农民毫无防备，很快就被国王灌醉了。国王顺利地偷走了铜钵。

农民醒来，发现自己的宫殿和金银珠宝消失了，铜钵也不见了。妻子在一边痛哭，边哭边骂丈夫笨蛋。农民大呼上当，后悔也来不及了，只好又跑过来向百灵鸟求救。百灵鸟说："你的铜钵是国王偷走的，我再给你一件宝贝吧！你把旁边树上拴着的驴子牵回家吧！它可以帮助你。"

农民转身一看，旁边树上果然拴着一头驴子。他牵着驴子回家，见到妻子。妻子一看农民没有找到铜钵，反而牵着一头驴子，正要破口大骂，只见农民用手摇了摇驴耳朵，驴子吐出几个金元宝，再摇一摇，又吐出几个金元宝。妻子转忧为喜，开始夸丈夫能干。两人便用这些金元宝重新盖房，又盖起了一座富丽堂皇的宫殿。

夫妻俩在很短时间里，又盖起了一座豪华的宫殿，这件事很快又传到了国王那里。国王刚刚得到铜钵，山珍海味、美女佳人等，整日逍遥自在，高兴得不亦乐乎。忽然又听说农民两人在很短时间里暴富，又盖起了豪华的宫殿。他知道这次农民又有什么奇遇了。便派人偷偷地打听，很快查明了原因，原来是一头会吐金元宝的驴子。

国王眼珠一转，又想出一个很歹毒的主意。

这一天，农民和妻子两个人正在房屋里吃饭，忽然听到外面很喧闹，好像发生了什么事情。两人觉得很奇怪，就走出宫殿门口，想看看发生了什么事。

只见宫殿门外戒备森严，到处都是士兵站岗。大批随从、仆人拥着一位贵人走了过来。走近一看，正是国王。上次灌醉农民后不辞而别，偷走铜钵，今天还敢亲自登门。农民立刻火冒三丈，想上前找他算账，但他胆小怕事，根本不敢，只好愣在那里。

国王走到跟前，笑嘻嘻地说："好兄弟，真是对不起呀！上次我不辞而别，带走了你的宝贝铜钵，这次专门是来还给你的。"

农民还以为自己听错了，不敢相信自己的耳朵，就问："你说的是真的？"

"当然是真的。不过，我有个条件，用驴子交换铜钵。"国王很狡黠地说。

农民不知是计，心里在盘算，铜钵要什么有什么，驴子只能吐金元宝，还吐得很慢。两样宝贝交换的话，很值。于是他答应了国王的条件。

两人的宝贝换了换。国王牵着农民的驴子，得意地回去了。农民拿着铜钵，和妻子站在宫殿门口，一直等到国王和随从们都离去后，两人才走进屋里，拿出铜

钵。农民说道:"铜钵铜钵,我要最好的饭菜。"连续说了三遍,铜钵没有反应。农民还以为铜钵没有听见,又说了几遍,铜钵还是没有反应。这时候,夫妻俩知道自己又上国王的当了。

原来,国王找人仿造了一只和真铜钵一模一样的假铜钵,欺骗了农民,顺利地把农民的驴子也骗到手。就这样,国王得到了两件宝贝。

国王非常得意,觉得自己的本领实在高强,不费吹灰之力,单凭嘴巴就获得了两件宝贝。铜钵已经玩过了,要什么有什么,大臣们也都见识过了。那头驴子找个良辰吉日,也施展一下威风,让大臣们见识见识。

终于选定了一个良辰吉日,这一天正午时分,阳光明媚。国王得意扬扬地牵出驴子,环视了一下好奇的大臣们,他亲自走到驴子面前,摇了摇驴子的耳朵,等着金元宝出来。等了好长时间驴子也没有吐出金元宝,国王又用力摇了摇,驴子还是没有吐出金元宝。

国王当众出丑,非常恼火,对着驴子破口大骂,两只手使劲地拽驴子的耳朵。这时,驴子大嘴一张,吐出无数条毒蛇,缠住了国王,很快毒蛇就把国王咬死了。

森 林 女 王

（波兰）

在波兰的中部，有一片面积很大的森林。这片森林的年代很古老，从远古时代开始，森林的面积就一直在慢慢地扩大。

传说森林里有一位女王，统治着整个森林。女王法力高强，能变幻各种身形。只要女王念出符咒，森林里的百兽们都俯首称臣，听从她的命令。女王让百兽们做任何事，它们都争先恐后地抢着做。

每当女王出巡森林的时候，百鸟齐鸣，野兽们还跳起美妙的舞蹈，伴随着女王。森林里的鲜花、野草，不时地点头微笑，好像在说："我们欢迎您，亲爱的女王陛下！"温暖的春风吹拂着女王的头发，女王惬意地视察着自己的领土，行使着自己的权力。

这位女王的法力很大，听人们说，曾经有一个修行千年的大树精，想夺取女王的地位，提出要和女王比试法术。两人在森林里大战三天三夜，一时间，天空黑压压的一片，乌云密布，接着，电闪雷鸣，地动山摇，大地好像要裂成几块了。森林里两个云团相互纠缠，刮起一阵阵的旋风，树叶"簌簌"地往下落。仔细一看，原来是女王和树精两人，正施展法术，在空中、森林中厮杀格斗，打得天昏地暗。

最后，女王施展出自己的绝招，从头上拔下挽发的簪子，往空中一抛，刹那间，簪子变成巨大无比的神钉，足足有五间房那么大，闪着电花，雷声轰鸣，像箭一样刺向树精，硬生生地把大树精钉死在地上。从此，森林里再也没有人敢挑战女

王的权威了。

森林女王不但法术高强，而且心肠特别好，非常关心森林里的每一位成员。要是谁有困难了，森林女王总是第一个送去温暖和祝福，用自己的法术，为他们解决困难。

有一次，黑熊的儿子不见了，黑熊妈妈哭得像泪人一样。刚生下来的儿子不见了，妈妈能不伤心吗？一连哭了好几天，哭得眼睛红肿红肿的，闹得整个森林都知道黑熊妈妈的儿子不见了。

森林女王马上飞了过来，询问了一下情况。黑熊妈妈哭着说："我的儿子不见了，怪我疏忽。要不是我贪嘴，想出去找些食物吃，小熊也不会失踪啊！"说着说着，黑熊妈妈更伤心了，泣不成声。森林女王拍了拍黑熊妈妈的肩膀，安慰她说："黑熊妈妈，你放心吧！我保证给你找到小熊。"

女王回到宫殿里，下达命令，让森林里所有的动物、植物们都出去寻找小熊，还让鸟们作为传递消息的联络员。很快，就有消息传来，一只松鼠看见小熊玩耍时，走到了森林边，遇到几个面目狰狞的猎人，这几个猎人用网罩住小熊，把它抓走了。

女王听完消息，沉思了一下，想出了一个好办法。她派鸟们出去打探猎人们的住所，找到小熊被关的具体地方后，晚上再去营救。

当天傍晚，女王施展法术，凉爽的夏风吹了起来，向猎人所在的村庄吹去。炎热的夏季，猎人们正焦热烦躁，非常气闷，汗水一直往下滴。这时吹来的凉爽的夏风，吹到身上，别提多舒服了。猎人们躺在院子里，乘着惬意的凉风，很快就进入了梦乡，个个睡得很香，鼾声如雷。

这时候，女王派来了很多老虎、豹子、野猪，还有黑熊妈妈。大伙儿蹑手蹑脚

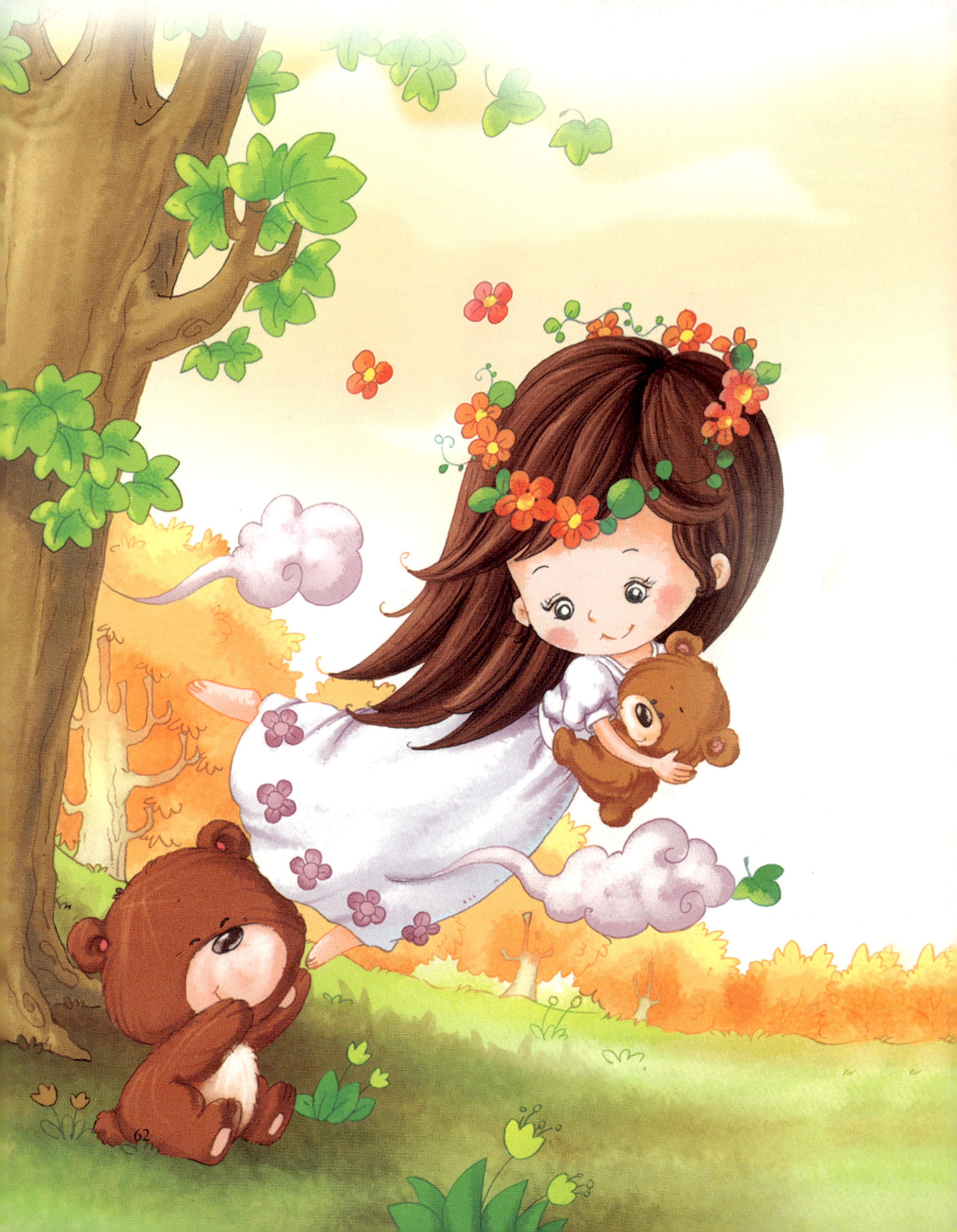

地走到关小熊的地方，黑熊妈妈用巨大的熊掌，一巴掌就把房门弄破了，然后进去救出小熊。见到小熊安然无恙，黑熊妈妈高兴得眼泪都流出来了。

自从救出了小熊，森林里恢复了往日的平静，鸟们整天唱着动听的歌，赞美它们尊敬的森林女王，女王也时刻不忘关心森林成员们的日常生活。

有一天，森林里忽然跑来一个人。这个人很奇怪，头发乱蓬蓬的，脸上漆黑，衣衫褴褛，光着脚，神色慌张地往森林深处跑过来，边跑边回头看，好像后面有什么人在追赶他。

森林女王很好奇，便挡住这个人的去路。这个人大吃一惊，两腿一软，瘫倒在地上，饿晕过

去了。他已经五天没有吃饭了,这时实在支持不住,晕倒了。森林女王不慌不忙,用手一指,眼前出现了许多酥油、奶酪、面包和葡萄酒,又对着这个人的脸吹了一口仙气,他马上醒了过来,看见眼前的美食,二话不说,拿起就吃。吃完后,他开始讲述事情的经过。

原来，这个人名叫万什胡，是本地一家庄园主的奴隶，从小在东家长大，为东家干活儿。扫地、打水、耕地、收割，万什胡什么活儿都替东家干，可是，庄园主总是嫌弃万什胡吃得多，老骂他猪脑袋，还用皮鞭打他，最后还不让万什胡吃饭。万什胡实在忍不下去了，就趁着庄园主睡觉的时候，闯入卧室，把他狠狠地打了一顿，然后逃了出来。

森林女王听完万什胡的讲述，非常同情他的遭遇，就问他："那你以后到哪儿生活呢？"

万什胡摇了摇头，很沉重地说："我也不知道，事到如今，我只能过流浪乞讨生活了。"

女王笑了笑，说："我们森林里欢迎每一位成员，既然你无家可归了，就在森林里住下吧！森林旁边有一个大湖，里面有很多鱼，你可以在湖边盖间草屋住下，打鱼为生。"

万什胡听后，感动得眼泪都流了下来，对女王说："谢谢你，亲爱的森林女王，我这一辈子都报答不完你的恩情！我以后就在森林旁边住下，世世代代供奉你！"

说完，万什胡按照女王指示的方向，到湖边盖屋定居去了。

过了一段时间，森林里又来了一群人。这群人推着车子，上面坐着两个三岁的小孩儿，几个人无精打采的，好像几天没有吃过饭了。他们摇摇晃晃地往森林深处走去，边走边念叨，仔细一听，好像在说："亲爱的森林女王！求你帮助我们！赐予我们生存的地方吧！"

森林女王看到这群人很可怜,又飞了过来,询问是怎么回事。原来这群人世代在远处的一个村庄居住,耕种周围的田地。后来,当地的总督派人来,说这片土地全部收归国有,属于总督,并强行驱逐这些农民离开家乡,到外地乞讨。

这些人听说这儿的森林女王非常善良,经常帮助附近的百姓们,所以,他们就背井离乡,赶到这里,请森林女王收留他们。

森林女王一听,毫不犹豫地说:"各位朋友,我们森林欢迎每一位成员。你们没有地方去,以后就定居在森林旁边吧!森林西边有一片面积很大的空地,你们就在那里盖房住下,耕地种粮吧!"

这群人千恩万谢,也听从女王的盼咐,在森林西边的一大片空地定居下来。

就这样,森林女王的名声越传越远,越传越大。无法生存、跑到这里要求女王收留的穷人、奴隶也越来越多。后来,奴隶贝斯拉夫、斯拉文金、斯里瓦等人都逃到这里来了。

他们定居在这里,世代繁衍生息,慢慢扩展成一个个村子,就是现在的万什胡村、贝斯拉夫村、斯拉文金村、斯里瓦村。他们永远供奉着尊敬的森林女王。

幸 福 鸟

(波兰)

雅赛克和玛雷霞结婚已经十年了,没有一天吃过饱饭,整天在地里为地主干活儿。晚上就睡在地头的草棚里,生活非常艰难。

这样的日子实在过不下去了,雅赛克多么希望能过上好日子呀!他跑到东边的圣山上祈祷:"神啊!请你赐予我幸福吧!我的心灵永远属于你。"

神听见雅赛克的祈祷,就派了一只幸福鸟来帮助他。幸福鸟飞到雅赛克面前,问雅赛克:"亲爱的雅赛克,你真的想得到幸福吗?"

"是的,我做梦都想。"雅赛克回答。

幸福鸟说:"那你就

往太阳升起的地方走吧！那里有一个国王，你见到他时，求他赐给你金腰带，你就得到幸福了。"说完，幸福鸟扇了扇翅膀飞走了。

幸福鸟扇动巨大的翅膀，很快就飞到了这个国家，到了王宫房顶上空，来回盘旋，尖声鸣叫，嘹亮的声音响彻整个天空。国王和大臣们都很奇怪，他们从来没有见过鸟的声音这么大，便走到大殿外观看。幸福鸟看见国王出来了，就从嘴里吐出无数的金银珠宝，像雨点儿一样往地上掉。国王和大臣们眼睛都看花了，知道是神鸟降临。国王上前跪倒，祈祷说："尊敬的神鸟，你留在王宫里吧！我们每天好好侍奉你！"

幸福鸟说："要我留下可以，但有一个条件。"

"什么条件？"国王问。

"过几天你们国家将会来一位贵客，你把你的金腰带送给他吧！这样，你的国家就会永远繁荣富强，我也就留在这里守护你们。"

国王一听，马上答应了。他吩咐手下，注意进城的陌生人，要是发现的话，立刻带到皇宫里来。

再说雅赛克，幸福鸟交代完后，他就照鸟说的，一直向东方走。这一天，正走着，看见前面有一个大城堡，西面的塔楼高耸入云，城上旌旗随风摇摆。雅赛克知道京城到了。他正要进城，这时，城门口早就有两个差官迎上前来，笑着说："贵人，我们国王都等你好几天了，快些随我们去见国王吧！"

说完，就把雅赛克拉到马车上，直奔王城。雅赛克一头雾水，不知道发生了什么事。过了一会儿，马车走到王城，差官请雅赛克下车。国王早就等候在门外，微

笑着迎了上来:"贵人,你终于来了,快请里面坐!"

雅赛克进入王宫,坐在国王身边。国王大摆筵席,款待雅赛克。酒过三巡,国王问雅赛克有什么要求。

雅赛克想起幸福鸟的话,便向国王讨要金腰带。国王拿出金腰带,交给雅赛克,说:"这是镇国之宝,你可要小心保管呀!"

雅赛克点头答应。这时,幸福鸟出现了,对雅赛克说:"你已经得到金腰带了,要什么有什么,快走吧!我暂时留在这里,后会有期。"

雅赛克听完,便向国王告辞了。

回到家里,妻子骂他,说他出去这么长时间了,还是一个穷光蛋,什么都没有。雅赛克也不辩解,取出金腰带,对着金腰带念咒语:

"金腰带金腰带，山珍海味快快来！ 金腰带金腰带，山珍海味快快来！"

话音刚落，两人眼前的桌子上，热气腾腾的全是美味佳肴。夫妻俩高兴极了，吃了个痛快。十多年来，他俩从来没有吃饱过，今天终于吃上了一顿丰盛的晚饭。

从此以后，雅赛克和玛雷霞两人需要什么饭菜，就取出金腰带，口中一念咒语，东西马上出现在面前。时间一久，附近有一个妖怪知道了。妖怪非常嫉妒，便飞了过来，变作一位商人，声称卖宝贝。雅赛克有点儿好奇，便走出门询问，妖怪说：

"我这宝贝，是三颗魔豆，只要你拿着魔豆，口里一念咒语，它马上就可以变成你想要的东西。"

雅赛克心里一盘算，自己的金腰带只能变出饭菜，这三颗魔豆可以变出任何东西，还是换换划算。

就在这时，幸福鸟在空中出现了，说道："聪明的雅赛克，你换换吧！"

雅赛克毫不犹豫，马上用金腰带换了妖怪的三颗魔豆。妖怪心中暗喜，因为它在魔豆上做了手脚，也没有把魔豆的口诀告诉雅赛克，因此雅赛克不会使用魔豆。这样，晚上就可以来偷走魔豆。想到这儿，妖怪得意扬扬地走了。

雅赛克没有想到这一点，他看见幸福鸟非常兴奋，问它怎么飞回来的。幸福鸟说趁国王不注意，飞出来了。雅赛克拿着魔豆和幸福鸟一块儿回家了。

到了家里，雅赛克才想起不会使用魔豆，他不知道使用魔豆时的口诀。知道自己上当了，他顿时哭了起来。幸福鸟劝他："亲爱的雅赛克，你不要伤心！我有办法知道口诀！你等我的好消息。"说完，幸福鸟飞走了。

雅赛克只好在屋子里等着。

幸福鸟在高空中，一眼就看见妖怪正拿着金腰带往它的山洞走。它飞到妖怪的前面，变成一名漂亮的美女，娇媚柔情，风姿万种。妖怪正兴高采烈地走着，忽然看见前面站着一位绝色女子，顿时眼珠子也不转了，两腿僵硬，傻在那里，半天才回过神来。他赶紧跑上前，嬉皮笑脸地套近乎。幸福鸟装作很害羞的样子，耍弄妖怪，一会儿妖怪就上当了，领着幸福鸟进入洞穴。

　　幸福鸟在妖怪的洞穴里陪着它，说道："大王，你今天刚刚得到一件宝贝，我正愁没有饭吃呢！这下好了，你拿出来试一试吧！看看宝贝是真是假？"

　　妖怪高兴地说："好吧！让你见识一下吧！"说完，从怀里掏出金腰带，口里念着咒语：

　　"金腰带金腰带，山珍海味快快来！金腰带金腰带，山珍海味快快来！"

　　刹那间，眼前出现很多的山珍海味。幸福鸟装作很惊奇的样子，奉承妖怪说："大王，你的本领真是高强。来，我敬你几杯。"

　　妖怪哈哈大笑，接过酒杯，一饮而尽。

　　幸福鸟又说："可是大王，你的魔豆也没有了。那不是很吃亏吗？"

　　妖怪咧着大嘴说："好妹妹你不用担心，我没有告诉他口诀，那个笨蛋是不会使用魔豆的。过几天，我再去抢回来。"

　　幸福鸟问："那口诀是不是很难呀？那个笨蛋会不会自己想出来？"

　　妖怪满不在乎地说："他肯定想不出来的！我告诉你，你千万别告诉别人啊！口诀就是：魔豆魔豆，快快显灵！我要东西，速速变成！"

　　幸福鸟很高兴，终于知道魔豆的口诀了。于是，它假装更热情地倒酒，一直向

妖怪敬酒，妖怪没有提防，很快就被幸福鸟灌晕了。幸福鸟从妖怪怀里掏出金腰带，飞出洞穴，然后，施展法术，把洞穴的出口封死，妖怪永远也不能出来了。

然后，幸福鸟去找雅赛克。雅赛克一直在门外站着等，看见幸福鸟飞了过来，嘴里衔着金腰带，兴奋得眼泪都流了下来。大声说："谢谢你！好心的幸福鸟！"

幸福鸟把金腰带给了他，又告诉雅赛克魔豆的口诀，说完后，就飞走了。雅赛克拿出魔豆，口里念着：

"魔豆魔豆，快快显灵！我要士兵，速速变成！"说话间，一群士兵穿着威武的铠甲，衣装整齐地站在雅赛克面前，听从雅赛克的吩咐。雅赛克命令说："你们去地主家，把他们全都狠狠打一顿。"

听到命令后，士兵们转身奔向地主家，一会儿回来说已经完成了任务，雅赛克又一念口诀，士兵们又变成魔豆了。雅赛克非常高兴，拥有了两件宝贝，以后就和玛雷霞过起了幸福的生活。

72

三朵白玫瑰花

(捷克·斯洛伐克)

有三个姐妹，从小在一起长大。两个姐姐好吃懒做，整天什么活儿都不干，只知道出去玩。妹妹非常勤快，洗衣、拖地、做饭，在家里什么事都做。

她们的爸爸是一个货郎，每天挑着货担到街上卖东西。他非常疼爱三个女儿。每次出门的时候，总是要问三个女儿需要什么东西，等回来的时候，就给她们买回来。两个姐姐争先恐后地说买什么东西，每次都要爸爸买许多，而妹妹什么也不要。

妹妹心疼爸爸，两位姐姐每次都要很多东西，爸爸挣的钱，全都给姐姐们买东西了，所以她从来不让爸爸给自己买。

爸爸过意不去，非让妹妹要一样东西。妹妹没有办法，她想了想，就说："那你就给我三朵白玫瑰花吧！"

爸爸记住小女儿的话，来到大街上买东西。大女儿、二女儿要的东西都买到了，唯独没有白玫瑰花。爸爸没有办法，继续寻找，找遍整条大街，还是没有白

73

玫瑰花。

这时，天已经黑了，爸爸只好挑着货担往家走。路过一个庄园时，他忽然看见园内草坪上长满了白色的玫瑰花，开得十分鲜艳。

爸爸一看四周无人，就想过去为女儿摘三朵白玫瑰花。爸爸爬过栅栏，走到白玫瑰花前，摘了三朵最漂亮的。这时，爸爸发现，身后站着一条模样奇丑的黑狗。黑狗吐着舌头，两只眼睛注视着爸爸，一句话也不说。爸爸觉得理亏，就向狗道歉："对不起，黑狗，我没有经过你的同意，摘了三朵白玫瑰花。我小女儿想要玫瑰花。"

黑狗说："你的小女儿几岁了？"

"十三岁。"爸爸觉得黑狗的问题很奇怪，顺口回答说。

黑狗说："这三朵白玫瑰花你带走吧！不过你要记住，明天让你的小女儿来到这里。否则，你们家将会有灾难降临。"

爸爸没有想到摘了三朵白玫瑰花，竟然带来这么大的灾难，他非常伤心，可是也没有办法，只好答应了。

黑狗让爸爸走进房间里休息。爸爸走进去一看，里面宽敞明亮，圆圆的餐桌上摆满了可口的饭菜，大厅里没有一个人。爸爸知道这是专门为他准备的，便坐下来吃饭。吃完饭，爸爸走到旁边的卧室，躺在床上睡着了。

第二天，爸爸离开庄园时，黑狗给他很多金银珠宝，让他挑着回去了。爸爸回到家，两个姐姐看到爸爸得到那么多的金银珠宝，高兴得蹦了起来，一直亲爸爸的脸，然后捧着金银珠宝回自己屋里了。

只有小女儿看见爸爸眼眶含泪，无缘无故地得到许多金银珠宝，肯定有什么事情发生。她问爸爸昨天发生的事情，爸爸知道瞒不住聪明的小女儿，便把黑狗说的话，一五一十地全告诉了她。小女儿一听，马上说："爸爸你别担心，明天我就去庄园。"

第二天大清早，爸爸领着小女儿来到庄园。黑狗在园子里等候着，看见爸爸如约带着小女儿来到庄园，就对爸爸说："你很守信用。房间里的金银珠宝全都是你的了，你拿着回家吧！让妹妹留下来陪我。"

爸爸没有办法，挑着金银珠宝，哭着离开了庄园。从此，小女儿就在庄园里住下。奇怪的是，

这么大的一座庄园，里面非常豪华，富丽堂皇，竟然没有一个人居住。小女儿在里面，孤零零的一个人，每天只有那条模样奇丑的黑狗陪着。

每到吃饭的时候，饭菜已经做好了，放在餐桌上，等着小女儿。每天都是这样。黑狗白天陪着妹妹，晚上妹妹一个人睡在卧室里，黑狗在外面守护着。

时间一长，妹妹渐渐喜欢上这条黑狗了，常常和黑狗说说知心话。黑狗在旁边静静地听着，一言不发，眼睛一眨一眨的，好像在说："我明白你的心情，以后我会好好保护你的。"妹妹自己也不知道，在她心里，已经爱上这条黑狗了。

过了一年时间，妹妹觉得生活很单调，有些想家，她告诉黑狗想回家看看爸爸和姐姐们。黑狗答应了，说："你回去吧！你原来住的房间全都是金银珠宝。不过，十天后的正午你必须赶回来。不然，黑狗将会死去。"

妹妹记住黑狗说的话，回到了家。爸爸看见小女儿回来，非常高兴，老泪纵横。两个姐姐一看妹妹安然无恙,心里有些不痛快,假装着笑脸,上前和妹妹拥抱,欢迎妹妹回来。妹妹告诉他们说,房间里全是金银珠宝,这次专程带回来的。两个姐姐一听,赶紧跑进去看,果然满屋子都是金银珠宝。两人欣喜若狂,抱着妹妹使劲地吻着,态度非常热情,与先前判若两人。

爸爸和两位姐姐每天陪着妹妹聊天儿、玩耍,妹妹从来没有这么开心过,慢慢地把十天后要回去的事情给忘了。到了第十一天,妹妹忽然想起黑狗说的话,"如果十天之后不回去的话,黑狗将会遭遇不测。"她心里有些不安,赶紧回到庄园。

刚一走到庄园门口,就看见黑狗口吐白沫,刚刚断气,身上还是温的。妹妹一看,哭了起来,后悔自己在家里耽误了一天时间,要不然黑狗也不会死去。

妹妹趴在黑狗身上痛哭起来,自己的眼泪"唰唰"地往黑狗身上掉。哭了一会儿,妹妹有点儿发困,眼睛正要闭上,忽然感觉怀里的黑狗不见了。妹妹一惊,睁开眼一看,果然怀里的黑狗不见了,眼前站着一位英俊潇洒的王子。

这位王子很有礼貌地说:"谢谢你,好妹妹,是你救了我。"

原来,这位王子以前得罪了一个狠毒的巫师,巫师便施展法术,将英俊的王子变成了丑陋无比的黑狗。只有女孩子的眼泪才能解除这个魔咒,而且,这个女孩子必须不嫌弃黑狗的丑陋,喜欢上它。

妹妹在与黑狗一年多的相处里,已经深深爱上了黑狗,看到黑狗死去,她禁不住哭了出来。眼泪落在黑狗身上,王子身上的魔咒被解除了。

王子对妹妹说:"我的恩人,你救了我,以后我永远跟着你。现在我先去杀了那个狠毒的巫师,然后回来娶你!你等着我回来。"说完,转身离去。

王子骑马来到巫师的住处,怀着满腔怒火,抽出腰中的利剑,一剑结果了巫师。

王子又骑着马回到庄园。这时,天上出现了一位神仙,对王子说:"可怜的人啊!你的魔咒已经解除。带着你的梦中情人,回到你的王国去吧!以后要做一个好国王。"

王子跪下向神仙谢恩。当初王子身中魔咒,变成丑陋无比的黑狗,人见人欺,没有安身之所。神仙施展法术,在空地上建造出一座豪华的庄园,专门让王子居住,等待自己梦中情人的出现。

现在,他的梦中情人终于出现了,也解除了王子身上的魔咒。王子便骑上马,带着妹妹,一块儿回到自己的国家,过上幸福的生活。后来,王子继承父位,成为一个很贤明的国王,体恤百姓,国家很快繁荣富强起来。

小 指 娃 娃

（匈牙利）

大山深处，住着一个女人，前后生了三个女儿，没有一个儿子。女人特想生个儿子！

可是，女人不但没有生下男孩儿，自己的女儿也保不住了。大山后住着三条龙，早就盯上了女人的三个女儿。等到大女儿长大，五个头的青龙飞了过来，刮起一阵旋风，把大女儿抓走了。

等到二女儿长大，四个头的黑龙飞了过来，也刮起一阵旋风，遮住太阳，卷走了二女儿。这龙留下话，还要来抓小女儿。

妈妈吓坏了，两个女儿被抓走了，自己没有一点儿办法。眼看小女儿也保不住了。可怎么办呢？这时，女人又怀孕了。她祈祷说："神呀！你赐我一个男孩儿吧！哪怕是个小指大的男孩儿也好，帮助我救出可怜的女儿吧！"

女人快要生小孩儿时，最大的红龙来了。这龙长着五个头，长长的身子，整整围绕着大山一圈。龙嘴在空中一张，小女儿正在里屋躲着，猛然就被吸到半空中。红龙哈哈大笑，摇着尾巴回家了。

女人眼看女儿们全部被抓走了，心痛得昏了过去。迷迷糊糊中听见有人在喊妈妈，是男孩儿的声音。她努力睁开眼，往四周看了看，没发现有人。又听见一个男孩儿说："妈妈，我在你的脚旁边。"

女人低头看自己的脚,这才发现一个小指大的娃娃,光着身子站在她脚边。原来自己晕倒时,生了一个小指娃娃。女人彻底失望了,心想这下没有希望打败三条龙,把女儿们救回来了。没想到自己生了一个小指大的娃娃,以后怎么过日子呢?女人不住地叹气。小指娃娃好像看懂了妈妈的心思,他说:"妈妈你放心,我现在去救我的三个姐姐,你在家等着。"说完,纵身一蹦,找不着了。

小指娃娃力大无比,一出生力气就非常大,可以把几百斤重的石头掷得远远的。他还会弹跳,一蹦就是好几百里地。小指娃娃蹦了两蹦,就来到青龙的洞穴,看见大姐姐被关在房间里,身上绑着绳子,动弹不得。小指娃娃蹦到姐姐身上,小手轻轻一点绳子,绳子自动就断了。大姐姐又惊又喜,高兴有人来救自己。可是,只来了一个小指大的娃娃,等一会儿青龙回来的话,大嘴一张,两个人都会没命的。

大姐姐对小指娃娃说:"好弟弟,咱俩怎么逃啊?等一下青龙回来,一旦发怒的话,咱俩都会没命的。"

小指娃娃笑着说:"大姐姐你不用担心,咱俩就坐在这里等它。我有办法降伏它。"

大姐姐将信将疑,可也没有别的办法,就听弟弟的话,坐在那里等青龙回来。

一会儿工夫,青龙张牙舞爪地回来了,鼻子喷着热气。一进门,它就闻见有生人气息,眉头一皱,问大姐姐:"是不是有人来了?"

大姐姐一看瞒不住,只好说:"是我弟弟。"

青龙一看,桌子上站着一个小指娃娃。它丝毫不放在心上,哈哈大笑,说道:"原来是小舅子来了。欢迎欢迎!"

说着，青龙上前，想一爪把小指娃娃拍死在桌子上。小指娃娃早就有所防备，纵身一跳，"嗖"的一下，蹿到青龙头上，一拳把青龙天灵盖打碎。接着，抽出龙筋，做成一条鞭子。然后对大姐姐说："大姐姐，我已经把青龙杀死。你在这里等着，我去救另外两位姐姐。"

小指娃娃很快来到黑龙居住的洞穴，见到二姐姐，采用同样的办法，蹿到黑龙头上，一拳把黑龙的头打碎。然后抽出龙筋，把两条龙筋拧在一起，变成一条很长的龙鞭。救出了二姐姐，他接着去找小姐姐。

过了一会儿，小指娃娃在大山后一个深龙潭找到了红龙的洞穴。他偷偷钻进红龙的洞穴，见到小姐姐，并告诉姐姐，他要杀死红龙，救出她。小姐姐一听，赶紧说："且慢，小弟。这条红龙不同于青龙和黑龙，它有五个头，力大无比，尤其是一遇到水，力气更大，你恐怕不是对手。你在和红龙打斗的时候，千万不要让它到龙潭里面喝水，否则，你是输定了。"

姐弟俩刚商量好对策，红龙就回来了。离家还很远时，红龙就在半空中喊着："夫人，夫人，我回来了。"

红龙进入洞穴，猛地感觉气味不对。他发现有生人的气息，厉声地说："是不是有生人来了？"

小指娃娃抢着说："是我，你这条坏龙，抢走我的姐姐，我要找你算账。"

红龙哈哈大笑，丝毫不把小指娃娃放在眼里。它大嘴一张，想把小指娃娃吸到肚里。小指娃娃左蹦右跳，和红龙厮杀到一块儿，打斗得非常激烈。一直打了三天三夜，红龙有些招架不住，就喊暂停，说要休息一下，喝点儿水再打。

82

小指娃娃早就听姐姐说过，红龙喝完水后力大无比，便使劲用拳头捶击龙的腹部。很快，红龙精疲力竭，瘫软在地上，慢慢缩成很小的龙。小指娃娃用龙鞭把红龙缚住，缠得紧紧的。

小指娃娃安全地把三位姐姐送回了家。妈妈高兴极了，抱住小指娃娃亲了又亲，小指娃娃有点儿不好意思起来。他对妈妈说："妈妈，我要到外面挣钱，好养活全家人。"

望着懂事的儿子，妈妈同意了。妈妈给准备了些干粮和水，小指娃娃就出发了。走的时候，他把捆着的红龙放到口袋里，准备让红龙帮自己做苦力，替自己干活儿。

一个富人家正好招工，需要一名苦力，帮助他家从山上砍伐树木，往山下拉。小指娃娃走上前去，富人挺着大肚子，低着头看了小指娃娃半天，差点儿没有笑岔气。他心想，这么一个小娃娃，真是稀罕之物，还要去上山砍树。反正试试不行的话，又不用发工钱，就答应了。

富人存心刁难小指娃娃，他说："你要是一夜之间能够将山上所有的大树砍下来，拉到平地上，我的所有家产都给你。"

没有想到小指娃娃一口答应了。小指娃娃什么也不拿，转身上山去了。富人以为他要逃跑呢，嘲笑说："你要是真能完成任务，我做你的奴隶都行。"

只见小指娃娃走到山上，这时天已经黑了，他从口袋里掏出被龙鞭捆着的红龙,说:"你要是听我的话,给我做事,我就不杀你。"

　　红龙一听,还有生存的希望,连忙说:"主人,你就吩咐吧!"

　　小指娃娃指着山上的大树说:"这座山上所有的大树,限你一晚上时间,全部拔出来运到山下的平地上。"

　　红龙听完,点头答应了。小指娃娃解开它身上的龙鞭,红龙抖擞精神,长啸一声,顿时变成一条巨龙,盘旋在大山的上空。只见巨龙大口一张,刮起阵阵迅猛的飓风,山上的大树被一棵棵连根拔起,向山下飞去。一会儿工夫,大树整整齐齐地被摆放在山下的平地上。小指娃娃满意地点了点头。

　　第二天,富人正在酣睡,仆人慌慌张张地跑

来告诉他情况。富人有些不信，跑出来一看，果然，山上的大树全都被连根拔起，在平地上整整齐齐地摆放着。

富人知道小指娃娃不是普通人，自己又不能食言，只好将全部家产送给了小指娃娃，自己做了他的奴隶。

小指娃娃回家把妈妈和三个姐姐都接了过来，一家人过上了快快乐乐的生活。

一 双 金 脚

（法国）

在法国东部有一个偏僻小镇，小镇上有一个拉柯丹村，村里住着一位铁匠。这位铁匠面色黝黑，身材魁梧。他力气很大，据说曾经一拳头打死了一只老虎。

这位铁匠平时很少说话，整天一个人待在铺里打铁。没有人见过他出来买食物，好像铁匠从不吃饭似的。他的手艺非常好，打制的金银珠宝首饰简直比王宫里的还要好，结实耐用，造型独特，附近的人们都来找他打制首饰。

更令邻居们奇怪的是，铁匠没有一个助手。别处的铁匠师傅们打铁，总是要有帮手在旁边帮衬着。而这位铁匠，只有一匹大黑狼给他拉风箱。这匹大黑狼像牛犊那么大，舌头长长的，眼神阴森森的，冒着寒光，常常盯着路人看，恨不得把路人一口吞下去。邻居们都很害怕这匹狼，生怕哪一天它跑出来吃人。

村西头有一个寡妇，非常可怜，长年住在草棚里，以给别人缝洗衣服为生。她有一个独生子名叫让，今年十二岁，很懂事。看到妈妈生活非常艰难，他便对妈妈说："妈妈，我想出去学一门手艺，将来挣钱养活你。"

妈妈叹了一口气，问他："那你打算学什么手艺呢？"

让说："我想跟着咱们镇上的铁匠学习打铁。"

妈妈一听，急忙说："不行，听说那位铁匠最恨徒弟，已经害死十六个徒弟了。你去不是找死吗？"

让说:"没事,我有办法保护自己的。"

妈妈无可奈何,只好同意儿子出去做学徒。妈妈给他准备了一些干粮和水,他就出发了。

第二天,让来到镇上,见到铁匠,便走上前去,向铁匠说明来意。铁匠说:"你是来我这里做学徒的,先要通过考试。"

让说:"什么考试?"

铁匠说:"首先你的臂力要达到一定的程度,能够拉动风箱。"

让二话不说,走上前来,一手提起铺里重达两百多斤的铁锤,随手一掷,就扔了几十米远,很轻松,好像扔一个小东西一样。

铁匠又说:"我要看你的胆子如何,是不是胆小。"

让还是没有说话,他看到旁边的笼子里关着一匹大黑狼,像牛犊那样大。他拉开门,走了进去,大黑狼怒吼一声,猛地扑了上来,似乎要一口咬断让的脖子。让轻轻一闪,顺手抓住大黑狼的脖子,使劲抡了起来。"啪"的一声,他把大黑狼摔到地上,当场把大黑狼摔晕了。铁匠说:"好了,小伙子,你很勇敢。从明天开始,在我这里当学徒吧!今晚你先回去休息,明天再过来!"

让假装回去,走出铁匠铺后,趁人不注意,藏到铺子的后面。他对铁匠很好奇,想偷偷观察一下铁匠的真实情况。

白天,铁匠没有动静,在铺里老老实实地打铁。到了晚上十一点的时候,铁匠偷偷打开后窗,伸出头向四周看了看,让赶紧躲好。铁匠看看没有异常情况,就拍了拍手。一会儿工夫,从草丛里爬过来一条黑蛇。

黑蛇马上变成一位美女,花枝招展的,非常娇艳。美女抬起头向铁匠打招呼:"父亲大人,今天有什么新的情况?"

铁匠说:"我今天遇到一个小孩儿,很有天赋,决定收他为徒。"

美女说:"他以后会成为英雄的,我想嫁给他。"

铁匠说:"那也要等他成为真正的铁匠师傅后再说。"

两人商量完,美女又变作黑蛇爬走了。铁匠等了一会儿,悄悄地从后窗跳出来,观察了一下四周,向左边的清河走去。让在后面跟踪着,要看看铁匠到底是什

么来路。很快,让发现了铁匠是个妖怪。

只见铁匠走到河边,全身的人皮开始脱落,现出原形。原来是一只水獭精。水獭精钻入水里,贪婪地逮着鱼,大口大口地吃着,嘴里还发出"啧啧"的怪声。一会儿水獭精吃饱了,爬上岸,重新穿上人皮变成铁匠,转身回铁匠铺了。

让躲在远处,看得很清楚,知道铁匠师傅是水獭精。可是,他并没有马上揭穿,而是决定先假装不知道,拜铁匠师傅为师,等手艺学成后再拆穿他。

第二天,让好像什么也不知道似的,来到铁匠铺,拜铁匠为师,跟着他学习打

铁手艺。时间过得很快，转眼三年过去了，让的手艺进步很快，已经超过了师傅。

有一天，铁匠师傅对他说："王城里的弗莱切公爵女儿快要出嫁了，要我去打制金银首饰。你先去公爵府，替我把首饰先打磨一下。"

让非常高兴，终于有自己露脸的机会了，连忙辞别师傅，来到公爵府。

公爵家里有数不清的金银首饰。让大展身手，打出来的首饰细腻光滑，金光灿灿。公爵从来没有出现过这么漂亮的首饰，非常惊喜，整个公爵府的上上下下，都在称赞让的手艺高超。其中一个小姑娘——公爵最疼爱的小女儿惹娜，整天默默地看着让，心里暗暗喜欢上了这个英俊能干的小伙子。

一天黄昏，惹娜主动找到让，直接向他表达了自己的爱慕之情。让听完后，高兴得蹦了起来，原来他也早就喜欢上这位可爱的小姑娘，就是不敢说出来。两人的心早就走到了一块儿，惹娜害羞地说："亲爱的让，你送我什么定情礼物？"

让深情地说："我要打造出世界上最美丽的金项链，戴在你的脖子上。"

接下来的几天里，让一直给惹娜打造项链，从清早忙到深夜，惹娜也在旁边陪着。很快，金项链打好了，整个房间里顿时发出耀眼的金光。项链戴在惹娜的脖子上，顿时，惹娜像仙女一样美丽动人，让忍不住拥抱着惹娜亲了一口。

公爵女儿的首饰很快打完了，让和铁匠师傅要赶回去。惹娜哭得像泪人一样，让向她保证，一定会来娶她的，两人洒泪离别。铁匠师傅看在眼里，心里很嫉妒，决定毒害让。

在回去的路上，铁匠师傅用麻醉酒麻倒让，把他送到女儿黑蛇精那里，强迫让和女儿成亲。让不肯，黑蛇精大怒，一口把让的两腿咬断。还把让关到地窖里受

罪，一关就是八年。

让毫不气馁，在八年里利用积攒的金银碎片，打造成两只金脚，又打造了一对翅膀、一把金斧子。一切准备停当，等到黑蛇精又来看望他的时候，他用金脚一脚踩住了黑蛇精，一斧子便把黑蛇精的头砍了下来。然后，让装上金翅膀，逃出地牢，飞到了天空中。

让飞到清河上空，天已经黑了。他看见水獭精正蜕去人皮跳到河里，便扇动金翅膀来到放人皮的地方，一把抓起人皮飞到了空中，对水獭精说："大坏蛋，你的女儿已经被我砍成两段了，你的人皮我也拿走了，你永远在水

里做水獭吧!"

水獭精在水里气得"哇哇"乱叫，可又没有别的办法，只好一辈子待在水里了。

让飞回家，一把火把人皮烧了，然后告诉他的妈妈，自己要去娶公爵的小女儿。说完，自己又飞走了。过了一会儿，让飞到公爵府，公爵府里看到天上飞来一位金脚青年，长得很英俊，在空中一直喊惹娜的名字，赶紧告诉了公爵。公爵一看是让，马上同意两人的婚事。

第二天，让和惹娜两人举行了很隆重的婚礼。从此，两人在拉柯丹村过着快乐的生活。金脚铁匠让的事迹一直流传到了现在。

白 麻 雀

(比利时)

很久以前,在一个村子的旁边,有一片森林。这片森林的树木长得又粗又高,草地上开着五颜六色的花。这里生活着各种各样的鸟,他们把巢建在高高的树枝上。一棵树上生活着一种鸟的家族。每天,都能听到各种鸟欢快的叫声。

在一棵很高很高的梧桐树上,生活着麻雀家族。这个家族的麻雀都生着灰黑色的羽毛。他们都以自己有一身灰黑色的羽毛感到骄傲。看!这是多么漂亮的羽毛呀!

有一天,麻雀妈妈又孵出了一窝小麻雀,她低下头高兴地看着她的孩子们。"天哪!"她惊叫道。原来在这一群孩子里,竟然有一只浑

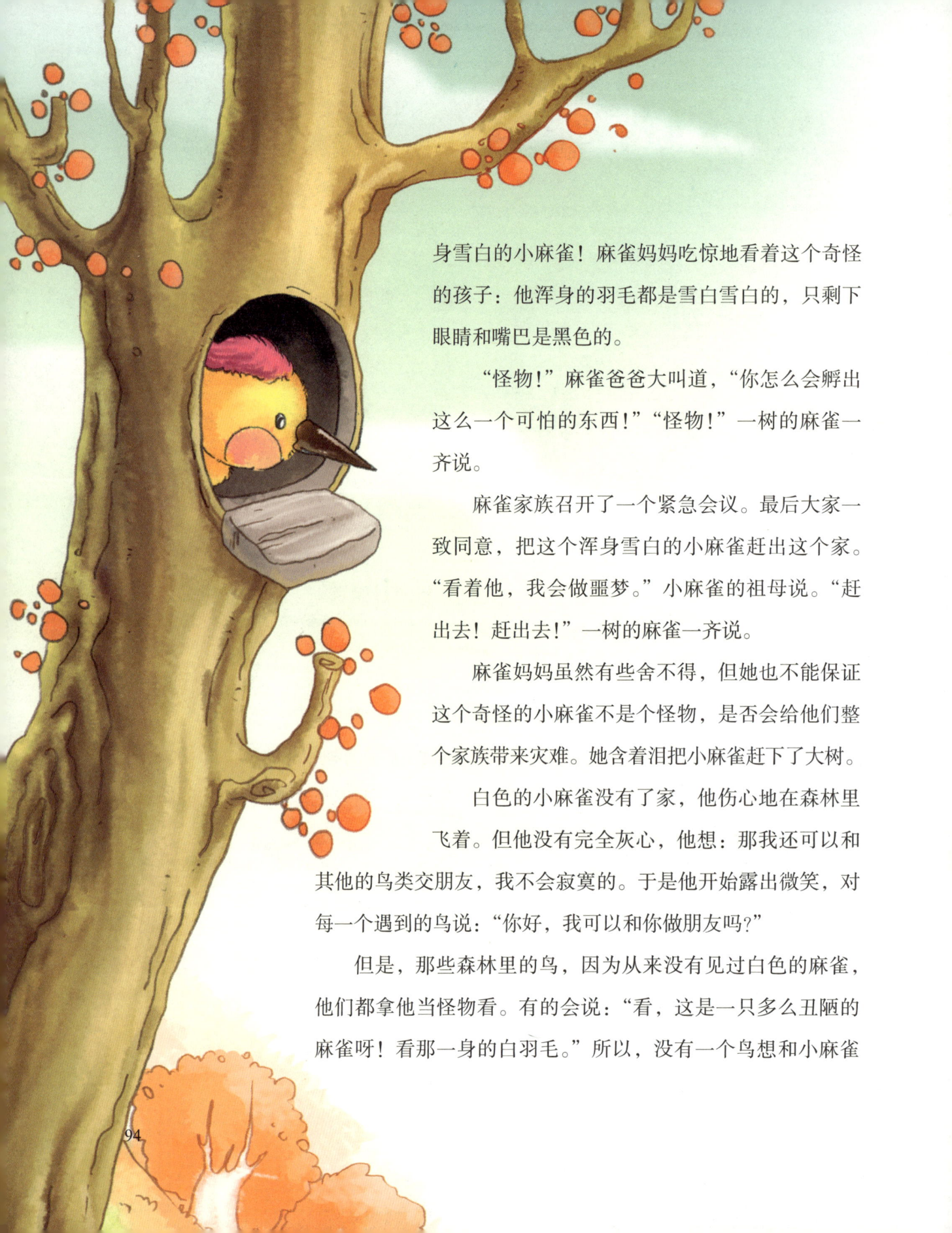

身雪白的小麻雀！麻雀妈妈吃惊地看着这个奇怪的孩子：他浑身的羽毛都是雪白雪白的，只剩下眼睛和嘴巴是黑色的。

"怪物！"麻雀爸爸大叫道，"你怎么会孵出这么一个可怕的东西！""怪物！"一树的麻雀一齐说。

麻雀家族召开了一个紧急会议。最后大家一致同意，把这个浑身雪白的小麻雀赶出这个家。"看着他，我会做噩梦。"小麻雀的祖母说。"赶出去！赶出去！"一树的麻雀一齐说。

麻雀妈妈虽然有些舍不得，但她也不能保证这个奇怪的小麻雀不是个怪物，是否会给他们整个家族带来灾难。她含着泪把小麻雀赶下了大树。

白色的小麻雀没有了家，他伤心地在森林里飞着。但他没有完全灰心，他想：那我还可以和其他的鸟类交朋友，我不会寂寞的。于是他开始露出微笑，对每一个遇到的鸟说："你好，我可以和你做朋友吗？"

但是，那些森林里的鸟，因为从来没有见过白色的麻雀，他们都拿他当怪物看。有的会说："看，这是一只多么丑陋的麻雀呀！看那一身的白羽毛。"所以，没有一个鸟想和小麻雀交朋友。他们一看到小麻雀向自己走来了,就躲得远远的,或者低头假装没看见他。

可怜的小麻雀,一个朋友也没有交到,还受到了那么多的冷嘲热讽。天快黑了,风吹起来,树叶簌簌作响,小麻雀冻得发抖。森林里的鸟不欢迎他,他只好走到森林旁边的小道上,低头小声哭起来。他是多么孤独、多么伤心呀!

一个苍老的声音说:"可怜的小麻雀,不要哭,我和你做朋友,我会成为你最好的朋友。"

小麻雀以为是在做梦,抬起头来一看,一条黄色的大狗正站在他面前,微笑地看着自己,眼里全是慈爱。

小麻雀擦干眼泪说:"真的吗?你是谁?"

大狗笑了,小麻雀看到他的嘴里有几颗牙齿已经掉了。大狗说:"我是农场主塔法洛家的狗,就是房子最高最大的那一家。我在他家里已经干了十年的活儿。以后你就叫我老狗吧。"

小麻雀笑了,他说:"老狗,你不害怕我是一只白色的小麻雀吗?"

老狗说:"不害怕,一看到你我就知道你是一只善良的小麻雀。再说,我觉得这一身雪白的羽毛挺漂亮的。"

小麻雀高兴地飞到老狗的背上,大喊着:"我有朋友了!我的朋友叫老狗!"

从此以后,他们每天在一起。麻雀为老狗唱一支又一支的歌,逗他开心。麻雀睡觉的时候，老狗就让他躺在自己的怀里，帮他遮风挡雨。他们在一起生活得很快乐。

突然有一天，小麻雀捉完虫子回来，看到老狗正躺在森林旁的小道上。他身上的黄毛很凌乱，腿上还在流着血。小麻雀吓了一跳，问："老狗，这是怎么回事？"

老狗看着小麻雀着急的神情，呜咽了一声说："那个可恶的农场主塔法洛，他早就嫌我老了，想把我赶出家门。今天，仆人偷了一根骨头，塔法洛却诬陷我，说是我偷了。狠狠打了我一顿，然后就把我赶出来了。"

善良的小麻雀落了泪，眼前的老狗变得好可怜。他飞快地去啄了一些止血的草叶给老狗敷上。他说："老狗，别伤心，我替你报仇。"

小麻雀想了整整一个晚上，想出来一个好主意。

第二天，他远远看到农场主塔法洛赶着一辆装满啤酒的马车走过来了。他在树上藏好，等到马车从下面经过时，他飞快地冲了下来，又飞快地啄了那匹马的两只眼。

马受了惊，脱了缰开始疯跑起来。坐在后面的塔法洛一下子被甩出去老远，装啤酒的罐子全都摔在地上，啤酒流成了河。

小麻雀看着狠心的农场主狼狈的样子，在一边哈哈大笑起来。塔法洛气昏了头，他喊道："你这只可恶的小麻雀！你这只长着丑陋的白羽毛的小麻雀！我要吃了你！"

小麻雀说："你这个可恶的农场主，老狗服侍了你这么多年，你竟然把他赶出了家门，我要为他报仇！"

农场主说:"你这个多管闲事的丑麻雀,我要宰了你,放在火上烤熟了吃!"

小麻雀说:"你真的不愿意让老狗再回你的家吗?"

农场主揉着被摔疼的屁股,恶狠狠地说:"不愿意!难道他还没死?这个废物!"

小麻雀肺都快气炸了,他说:"农场主塔法洛,我还要为我的朋友报仇。"然后飞走了,边飞边想着下一步的计策。

第二天,小麻雀飞到了他们麻雀家族

居住的大树上。"上帝！他竟然还活着！"所有黑灰色的麻雀说。但是没有再说第二遍，因为他们好几天没有找到虫子吃了，正饿得头晕眼花，没有力气大喊大叫。

白色的小麻雀说："森林的旁边有一个村子，村子里有一个农场主叫塔法洛，他有一个大大的谷仓，谷仓上面有个露天的大洞。"很快整片森林的麻雀都知道了这个消息。

这些饿得头晕眼花的鸟，发疯一般地向农场主家的谷仓飞去。整群的鸟像一片乌云，遮住了天空。

农场主塔法洛傻了眼，他眼睁睁看着自己的谷仓很快变空了。有几只鸟还差点儿啄瞎他的眼睛。他对着空了的谷仓大哭起来。

森林里，所有吃饱了的鸟围着小麻雀唱着歌，他们发现原来这个白色的小麻雀不但不是个怪物，还是个聪明的、乐于助人的、很仗义的鸟。小麻雀站在老狗的背上，高兴得跳起舞来。

从此以后，小麻雀和森林里的所有鸟成了朋友。他每天站在老狗背上，高兴地唱着歌。

贪婪的小熊

(比利时)

从前，在森林深处生活着熊妈妈和它的两个儿子。这两个儿子都有一个很大的毛病，就是很贪婪。每当它们看到一件什么好东西时，都会争着把它抢到手，因此经常吵架和打架。

它们一周岁生日的时候，姥姥走了很远的路来看它们，并且给它们带了礼物：一个小篮球，一个小足球。姥姥把篮球送给了哥哥，把足球送给了弟弟。结果兄弟俩谁都不服气。

哥哥拽着姥姥的衣服呼喊着说："我是哥哥，为什么我不能要足球？"弟弟也拽着姥姥的衣服哭喊着说："我是弟弟，为什么我不能要篮球？"姥姥被拽得差点儿跌倒，她又好气又好笑地说："小祖宗，你俩换一下不就行了？"

哥哥把姥姥拽得更紧了，声音也更大了："我要篮球，也要足球！"弟弟也拽紧了姥姥，声音更大："我要足球，也要篮球！"

姥姥很生气，也没有办法，因为它只带了两个球。两兄弟最后躺在地上打起滚儿来，带着泪水的脸上沾了一层泥土，怎么拉也拉不起来。姥姥又生气又伤心地走了。

结果到了晚上，哥哥去偷弟弟的足球，弟弟去偷哥哥的篮球。两人正好撞上了，于是又打了起来。它们的一周岁生日就是这么过的。

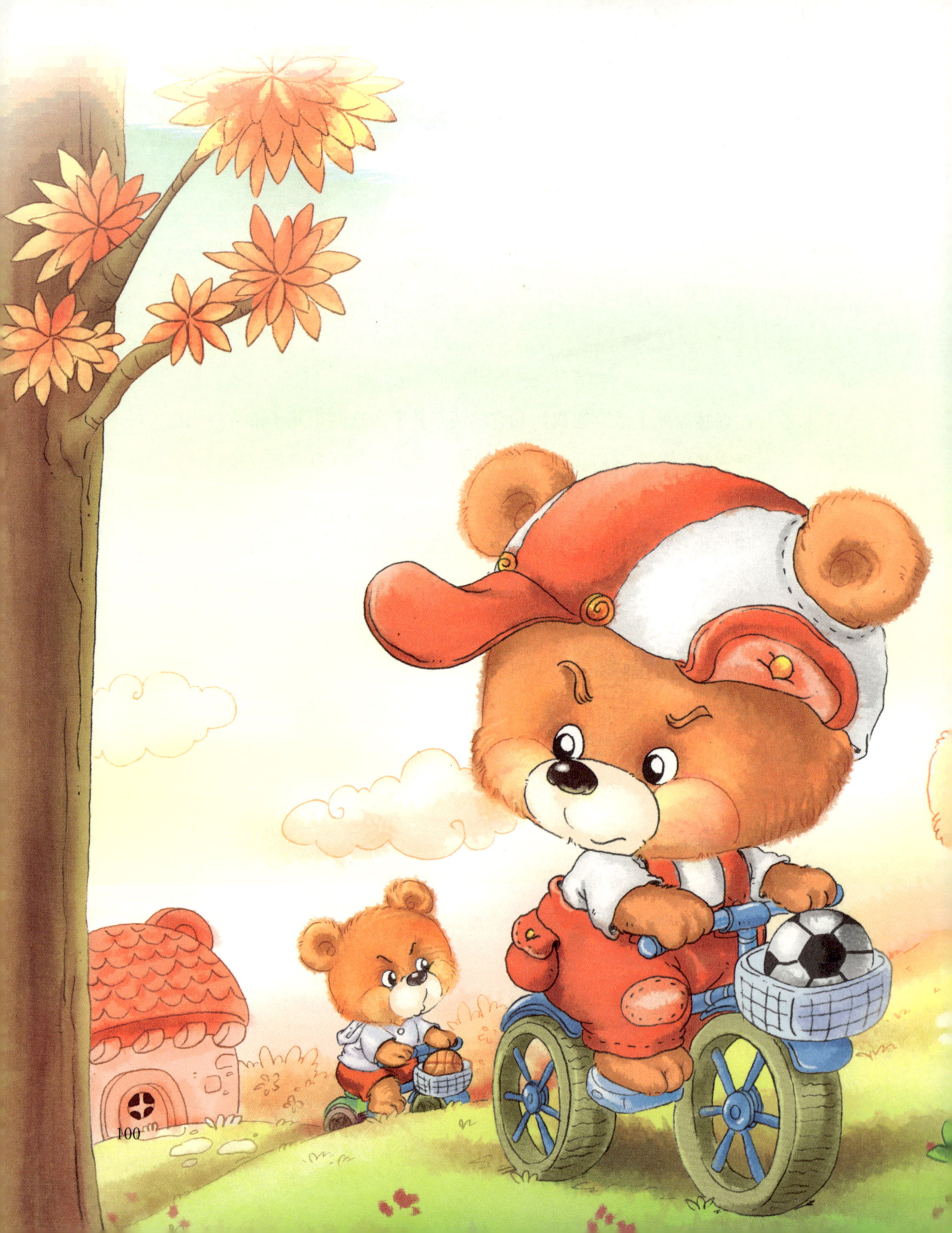

它们两周岁生日的时候，姥姥吸取了去年的教训，送给它俩每人一辆儿童自行车，这两辆车一模一样。姥姥想：这次它们可不会打架了。

结果呢，哥哥说："我要有两辆这样的车，一辆在家骑，一辆出去时骑！"弟弟说："我要有两辆这样的车，一辆出去时骑，一辆在家骑！"说完它们就去抢对方的车，又扭打在一起。姥姥看得目瞪口呆。它对熊妈妈说："这两个孩子，这两个孩子！"再也说不出别的话了。

到它们三周岁的时候，熊妈妈发现兄弟俩的毛病一点儿都没有改。它想：这样下去是不行的，我要让它们改掉贪

婪的毛病。

于是，它把弟兄俩叫到跟前说："从今天起，你们都要离开家到森林外面去。我不给你们一点儿钱，你们可以骑着各自的自行车。直到你们长大了、懂事了、不贪婪了再回来。如果你们永远也改不掉这个毛病，就永远别再回来了。"

弟兄俩哭了起来，哀求它们的母亲。哥哥说："妈妈，我不离开您。不要赶我走。再说我也不愿意和弟弟一起走，我真讨厌它。"弟弟听到这里"哇"地哭出声来，它哭喊着："妈妈，妈妈，你看哥哥，它走了我也不走，它会欺负我的。"

但是熊妈妈很坚决，它把两个孩子推到了门外，锁上了大门。两只小熊只好骑着它们的自行车，还顺便带上了各自的球。

它们走呀走。一开始，还挺高兴，骑车累了就下来玩一会儿球。没有妈妈在身边管着，真自由呀。但是很快，它们忍受不了饥饿了。哥哥看着两个漂亮的球，想出了一个好办法。于是它们用球换来了面包和香肠。

它们继续走呀走。很快，用球换来的食物吃完了。哥哥听着肚子"咕噜咕噜"的声音，看着漂亮的自行车，狠了狠心，决定把它们卖了，换面包吃。于是，它们又卖了各自的自行车，用换来的钱去买食物。

当然，在分吃那些面包和香肠时，它们免不了又要吵架和打架，最后谁赢了谁就多吃一点儿。

现在它们一无所有了。身上没有钱，也没有东西可以卖了。可是，它们的肚子又开始"咕咕"叫了。弟弟说："哥哥，我饿。"

哥哥也正饿得头晕，它没好气地说："都是你，吃了我最后一块面包！还说

饿!"弟弟"哇"的一声哭出声来,它多想回到妈妈身边呀。

哥哥听到它的哭声更加地心烦,一拳头就打了过去。弟弟哭得更凶了。

最后,它们碰到了一个好心的婆婆,给了它们一块很大的奶酪。她说:"可怜的孩子,吃了赶紧回家去吧。"

弟兄俩是多么兴奋呀。它们看着那块又大又厚的奶酪,闻着香味,恨不得一口吃了它。它们说:"婆婆,我们从来没见过这么漂亮的奶酪。"

婆婆刚走远,兄弟俩又开始吵起来。哥哥说:"我来分,一人一半。"弟弟说:"不行,你会给自己的多,给我的少,我来分。"

"我来分!"哥哥叫道。

"我来分!"弟弟叫道。

正当它们吵得不可开交,又要打起来时,一只狐狸来到了它们身边。它转着眼珠,狡猾地笑着说:"你们都不要吵了,我来帮你们分。这样我肯定会分得很公平,谁也不多,谁也不少。"

兄弟俩一想,是个好主意。于是就喊道:"狐狸大叔,快帮我们分吧,我们都快饿死了!"

狐狸拿起那块大大的奶酪,一下子把它掰成了两半。天哪!这是两块相差多么大的奶酪呀。一个特别大,一个特别小。

兄弟俩叫了起来:"不行,不行。一个太大,一个太小!"

狐狸狡猾地笑着说:"别着急,还没分好呢。"说完就朝那块大的张大口咬了下去。"好香的奶酪呀。"它舔着舌头。

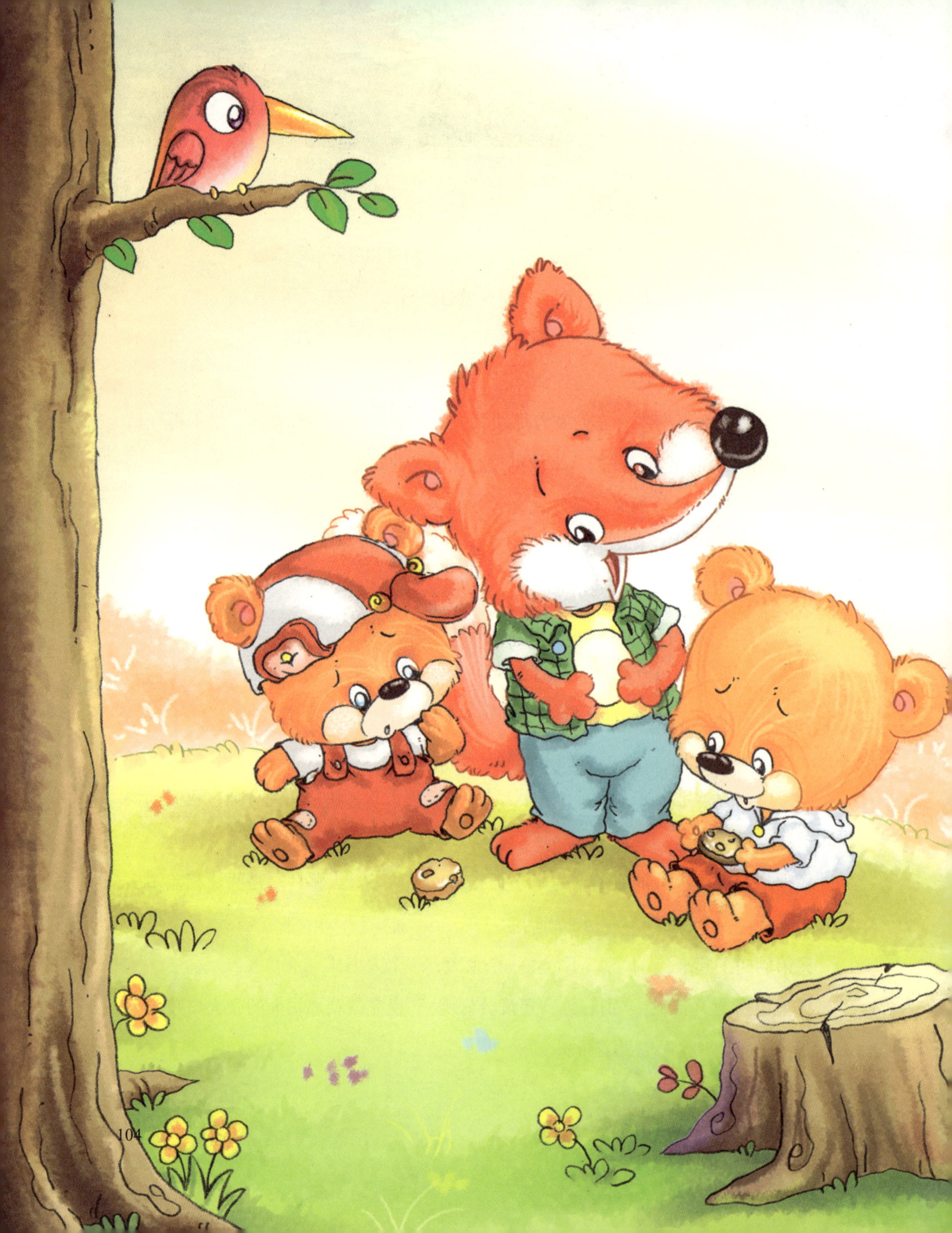

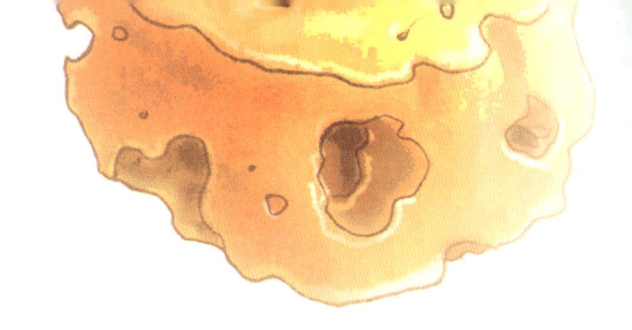

兄弟俩一看狐狸手中的两块奶酪，又大叫起来："不行，不行。大的又变小了，比那个小的还小！"

狐狸舔着嘴唇说："别着急，还没分好呢！"说着又张大口朝那个变成大块的奶酪咬去。"好香的奶酪！"它又赞叹道。

兄弟俩一看，又大叫起来："不行，不行。大的又变小了，比那个小的还小！"

狐狸说："别着急，还要继续分，直到分成大小一样的两块为止。"

结果，等到狐狸手中的奶酪终于变成了相同大小的两块时，那两块奶酪是多么小呀。它们在狐狸的手掌心，像一片杨树叶子一样大。

"好了，分好了。"狡猾的狐狸打着饱嗝儿，心满意足地说道。

兄弟俩傻了眼，那么小的奶酪，怎么能填饱肚子？

看着狐狸远去的背影，兄弟俩突然明白了：就是因为自

己的贪婪，才让狐狸骗走了奶酪呀。

兄弟俩风尘仆仆地走回了家。

"妈妈，以后我再也不和弟弟争东西了。"哥哥说道。

"妈妈，以后我再也不和哥哥争东西了。"弟弟说道。

熊妈妈高兴地搂过它们说："孩子们，你们终于长大了。"

从此以后，兄弟俩再也没贪婪过，它们友好地相处，再也不吵架、不打架了。

金　　鹅

（西班牙）

有一个小孩子吉奥，今年十六岁。他的妈妈很早就死了，爸爸给吉奥娶了一个后母，后母对他很不好，每天打他，让他睡在外面的草棚里。爸爸虽然心疼吉奥，也没有办法，只好睁一只眼闭一只眼。

吉奥非常可怜，从来没有吃饱饭，他多想吃一顿好饭呀！后母还强迫吉奥到山上砍柴，她定下规矩，要是吉奥每天砍不到两车木柴的话，就一天不给他饭吃。

可怜的吉奥连件完整的衣服都没有，衣衫褴褛。邻居可怜他，有时偷偷给他件衣服穿，有时给他端碗饭吃。

有一天，后母告诉吉奥："后天有客人来这里吃饭，你明天早上去山上砍柴，多砍一些，不然的话，你就不要回来了。"吉奥只好答应了。

第二天一早，吉奥拿上干粮和水，爬到高山上，开始砍柴。到中午的时候，快砍一车柴了。这时，他面前出现了一个小矮人，小矮人长着花白的胡子，愁眉苦脸地说："小兄弟，你有吃的没有？我已经三天没有吃东西了。"

好心的吉奥对小矮人说："老爷爷，我只有几个黑窝窝头和清水，你要吃就拿去吧！"说完，他拿出干粮袋，递给老爷爷说："这些你全都拿去吧！"

小矮人点了点头，毫不客气地接过干粮袋。打开一看，只有几个硬邦邦的窝窝头，他拿在手里，大口嚼了起来，吃得很香，一会儿工夫就把几个窝窝头吃完了。

108

吉奥仍在旁边砍柴，头也不抬。

小矮人说道："小兄弟，真对不起，你的干粮我一下子吃完了。"

吉奥笑着说："没有关系，老爷爷，反正我老是饿着肚子干活儿，不吃东西也习惯了。"

小矮人听完后，哈哈大笑，说："好心的吉奥，你对我这么好，我不会亏待你的。你跟我来。"

吉奥不知道怎么回事，便跟着小矮人往山上走。走了一段路，来到一棵很大的松树前，小矮人说："吉奥，你用斧子把树皮敲破，里面的东西全都属于你了。"

吉奥用斧头对着大树干敲了几下，敲出一个大洞，里面走出一只金鹅，还"嘎嘎"地叫着。吉奥非常高兴，领着金鹅往回走。正走着，金鹅说话了："可怜的孩子，你跟我去见国王吧！我让他把女儿嫁给你。"

吉奥头一次听见金鹅说话，知道是神鹅，便跟着金鹅往前走。

黄昏的时候，走到一家客店。店老板的大女儿看见这么漂亮的金鹅，心里想占为己有，伸出手要抓金鹅，没有想到奇怪的事发生了：她的手刚一摸着金鹅的羽毛，立刻被粘到上面，怎么也拔不掉了。

二女儿一看大姐伸手抓金鹅，她也想占为己有，生怕姐姐一个人抢走金鹅，连忙伸出手从旁边拽金鹅的脖子。她的手一碰着金鹅的脖子，也被粘到上面。

小女儿也跑了出来，看到姐姐们都被粘住了手，赶紧用手拉姐姐。可

手刚一碰到姐姐的肩膀，便粘到姐姐肩膀上了。

金鹅得意地叫了叫，往客店外走去。三个女儿不由自主地跟着金鹅往前走，金鹅走多快，她们也只能走多快。

走到一个村子口，村子口的教堂里一位牧师正要出门，看见三个姑娘跟着金鹅往前跑，觉得不成体统，上前想拉开她们，手刚拉到小女儿的腰间，就被粘上了，也不由自主地跟着往前走。

走到一块田地里，两个农夫看见几个人跟着金鹅走，样子很狼狈，便问他们在

111

干什么。牧师大声说:"你们过来帮忙吧!把我们几个人分开。注意不要用手拉,不然也会把你们粘上的。"

两个农夫一听,心想:不能用手的话,只好用锄头了。一个农夫用锄头去拉牧师的衣服,没有想到锄头粘到牧师衣服上,锄头柄粘到农夫手上。另一个农夫一急,用锄头来拉他的衣服,竟然也被粘在一块儿。这下好了,六个人前后连着,排成串跟着金鹅往前走。

走了两天时间,来到王城里。这时,王城里正闹得沸沸扬扬呢,吉奥领着一只金鹅走进城来,金鹅后面粘着六个人,最后两个还拿着锄头,太滑稽了。百姓们都说:"这一下,国王女儿的病有救了。"

原来,国王的小女儿长得很漂亮,国王非常疼爱她。前几天她突然病倒了,躺在床上不能动弹,也不说话。召太医会诊,太医说是小公主患了抑郁症,要是能让小公主开心的话,她的病马上就好了。可是,国王试了很多办法,小公主就是不笑,好像没有什么开心的事一样。万般无奈,国王宣布,谁要是能让公主开心发笑,就将小公主嫁给他。

吉奥领着金鹅来到王宫。走到小公主的寝宫,小公主正在床上躺着,心情很烦闷,忽然看见一个衣衫褴褛的男孩儿,领着一只呆头呆脑的金鹅,金鹅后面粘着一串人,每个人都很狼狈,尤其是最后面的两个农夫,每人都拿着一个锄头,样子滑稽极了。小公主当场笑了起来,越笑越开心,一会儿她的病完全好了。

吉奥拜见国王,请求国王把女儿嫁给他。国王一看是个衣衫褴褛的穷小子,心里一万个不愿意,可又不能食言。他眼珠一转,计上心来,说道:"我把小公主嫁给

你可以，但是，要答应我一个条件。"

"你要在明天天亮之前，把宫中所有的灯笼全都擦上一遍。记住，有一个灯笼没有擦干净，就别想娶我女儿。"

吉奥当场答应了，带着金鹅去擦灯。可他走到后宫一看就傻了眼，原来王宫后面有数不清的房间，每个房间都有很多灯笼，每个灯笼上面都有很多很厚的灰尘。国王不想把女儿嫁给他，偷偷派人把灯笼全都放在灰尘堆里。

吉奥没有办法了，转身问金鹅怎么办。只见金鹅抖了抖翅膀，后面六个人的手都可以松开了。金鹅对他们说："现在你们都可以走了。我身上的金鹅毛，送你们每人一根，感谢你们来到这里。"说完，金鹅嘴一歪，从身上拽下六根金鹅毛，送给六个人，打发他们回家了。

最后，金鹅嘴又一歪，从身上取出一根很大的鹅毛，放到嘴里猛嚼，嚼了一会儿，往外一喷，口里念着咒语：

"鹅毛鹅毛，帮我显灵！我要天兵，速速变成！"

顷刻间，金鹅嘴里吐出的碎鹅毛，变成了无数的小天兵，每个人都长着翅膀，手里拿着抹布。金鹅开始下命令："今天晚上你们把王宫里的灯笼全都擦干净。"话刚说完，小天兵们四散飞走，擦灯笼去了。

天快要亮的时候，王宫里所有的灯笼都擦完了。金鹅一念咒语，无数的小天兵忽然不见了，变成一根金鹅毛。金鹅又把它插到背上。

天亮了，吉奥和金鹅拜见国王。国王一看，这个衣衫褴褛的小男孩儿竟然在一夜之间把数不清的灯笼全都擦得干干净净，知道他不是寻常的儿童，将来肯定会有

很大成就，便爽快地答应了吉奥和小公主的婚事。

吉奥和小公主举行了很隆重的婚礼，两人过着快乐的生活。金鹅也整天跟在两人后面，形影不离。后来老国王去世，吉奥继承王位，成为新国王，百姓们都称他"金鹅国王"。

金鹅国王和王后两个人，为百姓们做了很多好事。到现在，人们还记着两人的功劳呢，世代供奉着金鹅国王和王后。

天 鹅 姑 娘

(南斯拉夫)

有一个英俊的王子，身材魁梧，长得一表人才，很喜欢打猎。他每天都到附近的森林里打猎。

有一次，他又来到一片森林里打猎。看见一只兔子在前面跑，他催马追去。最后，兔子钻进树丛不见了，王子迷失了方向，找不到回家的路了。他在森林里转来转去，饿了，就采些野果吃；渴了，就喝路边的河水。

这一天，王子转到一座高山上，看见一位白胡子老头儿坐在岩石上，闭目养神。王子觉得很奇怪，这么偏僻的大山上，怎么会有老人在这里打坐呢？他走上前打招呼："老爷爷！你好！"

"你好！小伙子！"白胡子老头儿睁开眼看了王子一眼说，"你是从哪里来的呀？"

王子说："老爷爷，我迷路了。你让我在你这里住下吧？"

白胡子老头儿点了点头，同意王子住下。他又说："你在这里住着，每天要帮我做事。"

王子说："什么事？"

"你每天到对面的大湖边，用鞭子抽打大湖。"白胡子老头儿吩咐完，转身走进屋里，做饭去了。

115

王子从此每天很早就起床,来到大湖边,用鞭子使劲地抽打湖面。时间过得很快,转眼三年过去了。这一天,王子照常到湖边抽鞭子。刚来到湖边,他就发现一群美丽的白天鹅飞到湖边,脱下身上的雪白毛衣,跳到湖里洗澡、嬉戏。过了一会儿她们走上岸，穿上雪白毛衣飞走了。

王子回到家，把这事告诉了白胡子老头儿。白胡子老头儿好像早就知道这事一样，毫不意外。他听完王子的话，掐指一算，说道："三年已到，你的劫数已经完了。你该回家了。明天早上你早点儿过去，藏到湖边，等天鹅们脱下雪白毛衣洗澡的时候，你悄悄地把毛衣全都抱回来，到时你就会有漂亮的妻子了。记住，别让她们发现你藏在旁边。"王子答应了。

第二天大清早，王子又来到湖边，在一个草丛后面蹲着，等着天鹅们到来。一会儿，十几只天鹅飞过来了，落到湖边。她们脱下身上雪白毛衣，在湖里洗澡、嬉戏。王子偷偷把所有的雪白毛衣收到一块儿，抱着跑回来，交给白胡子老头儿。

一会儿，十几只白天鹅都变成了美丽的姑娘，跑来要衣服。没有雪白毛衣，她们都无法飞回去了。姑娘们走过来，哀求白胡子老头儿把雪白毛衣还给她们。白胡子老头儿把衣衫一一递给了姑娘们，姑娘们穿上雪白毛衣，马上飞走了，只剩下最漂亮的那位姑娘。白胡子老头儿说："你不要走了，嫁给王子吧！"说完，把王子拉到一旁，小声说："这件雪白毛衣你拿回家吧！她跟你一块儿回去，做你的妻子。千万不能让她拿到雪白毛衣，她穿上的话就飞走了。"

王子听完白胡子老头儿的话，抱着美丽的姑娘，骑上

骏马回家了。回到家,国王和王后都急坏了,三年没有王子的消息,他们都以为王子已经死在森林里了呢!王子现在不但回来了,还带回来这么漂亮的姑娘。国王和王后很快为两人举行了婚礼。

结婚后，王子把姑娘的雪白毛衣交给王后照看着，并再三嘱咐，无论如何不能交给他妻子，不然，妻子就会飞走的。

一天，王子出去打猎了。妻子跑到王后那里，哭着说："母后，我向你发誓，我会永远服侍我丈夫的，你把雪白毛衣给我吧！没有它，我实在不想活了。"王后起初不肯，禁不住儿媳一直跪着哭，声音很凄惨，只好答应说："好吧！我给你后，你不许离开王子啊！"说完，她拿出雪白毛衣，交给了儿媳。

妻子穿上雪白毛衣，立刻变成了一只白天鹅，飞到空中。她叫道："好心的妈妈，我要飞走了，王子要找我的话，就到七指山吧！"说完，展开翅膀飞走了。

王后后悔也来不及了。

晚上，王子打猎回来，一听妻子已经飞走了，飞到了七指山，就赶紧骑马来到以前迷路的地方，找到白胡子老头儿，向他说明来意。

白胡子老头儿说："实话告诉你，我是台风之神！让我来帮助你吧！"说完，他施展法术，无数的台风刮过来，向他报信。那些都是他的手下。小台风们四处打探七指山的位置，一会儿工夫，就找到了，就在东边的大山深处。

白胡子老头儿说："你闭上眼睛，我送你过去。"王子闭上眼，只听"嗖嗖"的声音，感觉自己在空中飞行。偷偷睁开眼一看，白胡子老头儿吹了一口气，化作云彩，自己正踩着云彩，向七指山飞去。

很快，王子来到了七指山脚下，云彩把王子放到地上就飞走了。王子一个人往山上走，去找自己的妻子。

走了一会儿，他看见一间小木屋，门前坐着一个老太婆。他上前打听道："老婆婆，我的妻子，美丽的白天鹅不见了，你知道她飞到哪儿了吗？"

老太婆说："我这里有五百多只一模一样的白天鹅，你要能找出你的妻子，我就让你领回去。可是，你要是认错的话，我就杀了你。"

说完，她吹了一声口哨儿。天空中顿时飞来了无数只白天鹅，纷纷落到王子面前，变成美丽的姑娘，模样都一模一样。王子傻了眼，五百多位姑娘都一模一样，怎么才能找到自己的妻子呢？他硬着头皮，上前一一辨认。后来他走到最美丽的那

位姑娘面前时，那位姑娘眼睛眨了眨，好像在说："就是我呀！笨蛋。"王子终于认出妻子了，他拉着妻子的手，对老太婆说："这位就是我的妻子。"

老太婆一看王子找对了妻子，无可奈何，只好说："你们先在这里住着，明天再走吧！"原来，老太婆怕打不过王子，就想晚上用毒酒害死王子。她怎么会舍得让王子带走姑娘呢。

王子没有多想，马上同意了。老太婆出去后，王子和妻子拥抱在一起。这时，妻子知道王子真的爱她，很后悔自己跑了回来。她抱紧丈夫，在他耳边小声地说："婆婆今天晚上要毒害你，你千万不能吃她送来的饭菜。"说完，妻子走出门去，假装和老太婆谈话。王子记到心里，提高了警惕。

到了晚上，老太婆果然端来丰盛的酒菜，说要为王子送行，让王子在房间里自己吃。王子假装很高兴，收下酒菜送老太婆出门。关上门，就把酒菜倒在了一个偏僻的角落里。过了一会儿，妻子偷偷跑过来，说道："咱俩还是今晚走吧，明天婆婆变卦了就不好办啦。"

两人商量好，妻子收拾好东西，到老太婆的马圈里挑了两匹最好的千里马。两人骑上马，一扬马鞭，千里马像飞一样，从高山上飞驰下来，快得像闪电。最后，千里马腾空而起，飞到空中，一直向王子的国家飞去。

很快，两人飞到了王城。国王和王后等了好几天了，非常着急，看见两人平安回来，高兴极了，大摆筵席，欢迎王子和妻子平安回来。

从此，王子和天鹅妻子快快乐乐地生活着。天鹅妻子再也不要穿那件雪白的毛衣了。

神　　罐

(印度)

有一个农民，叫索米拉卡。他家里非常穷，没有一点儿地，世代为地主家种地。索米拉卡和妻子结婚已经十年了，没有一天不在地里干活儿，整天为地主耕地、种庄稼。

索米拉卡在地头搭了一个草棚，和妻子住在里面，看着庄稼。地主非常吝啬，一年只给他一斗米，吃几天就没有饭吃了。索米拉卡和妻子只好从地里采一些野菜、树叶，熬稀粥喝。

有一天，索米拉卡的妻子实在饿坏了，有气无力地对他说："你再去找些野菜熬点儿粥喝吧！我快要饿晕了，再不吃点儿东西，就站不起来了。"

索米拉卡含着眼泪出去了，想找些新鲜的野菜，给妻子熬些粥喝。他走到树林里，忽然发现树上挂着两个罐子，一个泥罐子，一个木罐子，上面还有盖子盖着。

索米拉卡心想，这是谁的罐子呢？他看看四周，没有人。刚好家里仅有的一个罐子前两天破碎了。

他拿起泥罐子，心里急着为妻子做饭，不由自主地说："还得挖些青菜做饭。"

话音刚落，泥罐子的盖子轻轻地动了动，露出了一个小口。索米拉卡往里细看，里面有好多青菜，非常新鲜，还沾着水珠呢！

真是奇怪，怎么刚一张口，泥罐子里面就正好有青菜呢？他没有多想，觉得只

有青菜不够，又顺口说了一句："光有青菜有什么用，要是再有几张香喷喷的大饼，我妻子就可以吃顿饱饭了。"

话音未落，泥罐子的盖子又动了动，掀开一个小口。索米拉卡仔细一看，里面真的有几张香喷喷的大饼。这次，索米拉卡知道这个泥罐子是件宝贝。

他说:"神罐呀!你要真是宝贝的话,就给我些山珍海味吧!我和妻子从来都没有吃过。你能变出来吗?"

他的话刚说完,泥罐子里真的出现了很多种好吃的山珍海味!索米拉卡以前从来没有见过这么珍贵的菜肴,眼睛都花了。

他知道这个泥罐子是一个神罐,想要什么饭菜,就会变出什么饭菜。于是,他

124

抱着神罐，兴高采烈地往家走。

正走着，迎面碰见地主了。地主往日见到索米拉卡，总是看见他愁眉苦脸的，好像日子很苦的样子，而今天索米拉卡兴高采烈的，说话眉飞色舞，好像有什么喜事。再一看，索米拉卡怀里紧紧抱着一个毫不起眼的泥罐子，知道有奇怪的事发生。他拉住索米拉卡，问长问短，说："好兄弟，咱们好长时间没有见面了，到我家好好聊一聊吧！"说完，不等索米拉卡回答，就拉着索米拉卡往自己家里走去。索米拉卡只好跟着地主来到他家。

到了地主家里，地主摆上丰盛的酒席，殷勤地招待索米拉卡，不断地向索米拉卡敬酒。索米拉卡从来没有喝过酒，很快就晕乎乎的。地主向他套话，他很快把事情的经过一五一十地告诉了地主。

地主一听，非常高兴，立刻拿起神罐，说了声："我要燕窝粥。"

话音未落，泥罐子的盖子一晃动，里面出现一碗热气腾腾的燕窝粥，香气扑鼻。地主头一回见到这种神奇的宝贝。贪婪的地主顿时想占为己有，就趁索米拉卡不防备，偷偷把神罐拿走，放了一个假的泥罐子，假泥罐子和真的神罐一模一样。

索米拉卡喝多了，分辨不出来真假，拿起假泥罐子，摇摇晃晃地走出地主家，向自己的破草棚走去。这时，妻子已经饿坏了，正等着他采野菜回来做饭。索米拉卡取出泥罐子，说声："我想要山珍海味。"说完后，等着泥罐子变出山珍海味。

可是，等了半天，泥罐子也没有动静。索米拉卡又说了几遍，泥罐子还是没有动静。索米拉卡这时才知道，自己上了地主的当，神罐被地主用假罐子换走了。

索米拉卡非常懊悔，不应该到地主家喝酒。他忽然想到，树林里还有一个木罐

子。于是，他又跑到树林里，拿着木罐子，高高兴兴地往家走。

这时，地主刚收藏好泥罐子，出来散心，看见索米拉卡又抱着一个木罐子，兴高采烈地走过来，知道这个木罐子不寻常，肯定也是神罐。

他又跑上前。索米拉卡一看见他，火冒三丈，正要发火，地主赔着笑脸说："亲爱的索米拉卡，我知道是我错了。你原谅我吧！请你到我家里来，我要好好地款待你，向你赔罪。"地主想把索米拉卡骗到家中，故技重演，再把他灌醉，将木罐子也抢走。

索米拉卡知道地主的企图，将计就计，假装接受地主的邀请，随着地主来到他的房间里。地主吩咐下人摆上一桌丰盛的酒菜，然后又要向索米拉卡敬酒。

索米拉卡说："地主老爷，我的这个神罐，你还不知道它的神奇之处吧！我现在演示给你看。"

地主连声说好，他早就想看看这个木罐子的神奇了。

索米拉卡一伸手，把木罐子的盖子打开，说声："给我狠狠地打他。"说话间，从木罐子里面蹦出几个铁人，铁拳头、铁腿，一把抓住地主，把他摁到地上，狠狠地打了起来，疼得地主哭爹叫娘的。

最后，地主实在忍受不住疼痛，磕头求饶，连声说："别打了，我还你泥罐子。"

索米拉卡这才让铁人停手，地主老老实实地把泥罐子抱出来，交给索米拉卡。索米拉卡拿着两个罐子，高高兴兴地回到家里。见到妻子，他拿出泥罐子，说声："山珍海味快点儿来！"

说话间，泥罐子的盖子动了动。索米拉卡掀开盖子，从里面取出各种山珍海味。取出一盘，泥罐子里面就又出现一盘，永远都取不尽，而且，菜肴的种类数都

数不清，太多了。

索米拉卡和妻子两人大口地吃起来，他们俩从来没有吃过这么多的山珍海味，真正饱了口福。

再说地主，他被木罐子里的铁人痛打一顿，还被迫交出了泥罐子。等索米拉卡走后，他越想越生气，就跑到当地县太爷那里，告诉县太爷说索米拉卡得到两个神罐，一个可以变出无数饭菜，一个可以变出无数铁人。县太爷非常贪婪，便派几百名士兵，到索米拉卡家，准备强行抢夺神罐。

他们走到索米拉卡家，县太爷气势汹汹地说："索米拉卡，我的两个神罐丢失了，听说是你盗走的，快点儿交出来。不然，把你们关进大牢，判你们死刑。"

索米拉卡毫不客气地说："县太爷，这两个神罐是我从林子里拾到的，怎么会是你的呢？"

县太爷大怒，吩咐手下："把他拿下！"

索米拉卡不慌不忙，拿出木罐子，说声："把他们全都打跑。"说完，他掀开盖子。刹那间，从里面跳出数不清的铁人，看见士兵就打。士兵们都是人呀！怎么会是铁人的对手？一个个被打得屁滚尿流，落荒而逃。县太爷一看事情不妙，也早溜了。

索米拉卡看见县太爷和手下都跑了，收回铁人，盖上盖子，和妻子回到房里，高高兴兴地吃饭去了。

从此，索米拉卡和妻子两人过着幸福的生活。而两个神罐，一直伺候着他们。同时，邻居们谁要是没有饭吃了，也都来到索米拉卡家里来吃饭，反正神罐里的饭菜是永远吃不完的。大家都过得很快乐！

三 条 忠 告

（墨西哥）

从前，有一个小伙子，在他三岁的时候妈妈就去世了，他从小就和爸爸一起生活。

小伙子心地很善良，可是，因为爸爸太疼爱他，什么事都顺着他，小伙子就养成了冲动、爱发脾气的性格。他经常和村子里其他的伙伴们打架，爸爸拿他也没有办法。

小伙子一天天长大，爸爸慢慢地变老了。一天，爸爸把他叫到了自己的病床前，拉着他的手对他说："亲爱的孩子，我就要死了，以后就不能再陪着你了，可是，我对你并不放心。孩子，你自己出去闯闯吧，也许，外面的世界能让你改掉毛病，变得聪明起来。记住，要尊重老年人！他们给你的忠告，你一定要听，这会让你受益无穷的。"

说完，爸爸去世了。小伙子很伤心。埋葬了爸爸之后，他就擦干眼泪，收拾好自己的包袱，上路了。

从来没有走出过自己住的村庄，小伙子看见什么，都觉得很新奇。可是，他到处闲逛，没有什么目的，也不知道自己要干什么。

一天，小伙子在路上看见一个老人，正坐在路边晒太阳。他想起爸爸说过，要尊重老年人，就很高兴地走过去，向老人鞠了一躬："老爷爷，您好！我是第一次离

开自己的村庄，您能给我一些忠告吗？"

老人看都没看他一眼，就说："没看见我在打瞌睡吗？怎么这么没礼貌！你要忠告是吗？好啊，一个比索一条！"

小伙子一听，非常生气，心想，我好心问他话，他怎么可以这样对我？可是，他又很好奇到底会是什么样的忠告，就说："那好吧。"小伙子从口袋里掏出一个比索，给了老人。

老人把钱装进衣袋，说："忠告就是要走大路，不要走小路。"说完，又眯起了眼睛，不理他了。

小伙子急了："这是什么忠告啊？"老人一听，说："不满意吗？那好，再付我一个比索，我可以再给你一条忠告。"小伙子只得又掏出一个比索给了老人。老人说："跟你没有关系的事情，不要打听。"

小伙子很生气，说："把我的钱还给我，我不需要这样的忠告！"老人捋捋胡子笑了："孩子，我这里还有一条你需要的忠告。愿意再付我一个比索吗？"小伙子无奈，只好又付了一个比索给老人，耐着性子听第三条忠告。

"最后一条忠告就是，遇事千万不要发脾气。"说完，老人马上不见了。

小伙子知道自己遇到了神仙，牢牢地把三条忠告记在心里。他一直默默地背诵这三条忠告，竟然没有注意到，自己已经偏离了大路，沿着一条小路走了下去。

等小伙子回过神来，发现自己已经走到了一片茂密的丛林里。这个时候，天就要黑了。小伙子在丛林里走了一会儿，发现前面有一所亮着灯的房子，就上前去敲门。

小伙子敲了半天,也没有人答应,就自己推开门进去了。他看到屋子的中间升着一堆火,一个身材高大的人坐在火边,低着头一动不动。

小伙子说:"你好,我是一个过路人,想在你的屋子里住一夜。天一亮我就离开,可以吗?"那人还是一动不动的,也不说话。小伙子很奇怪,以为他没听见,就往前走得更近一些。又问了一遍:"请问——"

话还没说完,那人突然抬起头,大笑起来。他的笑声很恐怖,吓得外面树上的乌鸦都"扑棱扑棱"飞走了。小伙子也吓了一跳,一看这个人的脸,更是吓人——满脸横肉,眼睛又小

又亮,还发着凶恶的光。原来,这个人是个强盗。

强盗开口说道:"能够找到这所秘密的房子,也是我们两个人的缘分。我可以让你在这里过一夜,并且,我还要请你吃上一顿丰盛的大餐。"小伙子还没明白是怎么回事,就被强盗拉到了餐厅里。

过了一会儿,饭菜端了上来。小伙子定睛一看,

吓得腿都软了。原来，在水晶盘子里放着的，是一个骷髅！小伙子正要问是怎么回事，忽然想起老人给自己的第二条忠告："跟你没关系的事，不要打听。"就又闭上了嘴巴。

强盗问："你看看这个骷髅怎么样啊？"

小伙子平静地回答："跟一般的头骨没有什

么两样。你知道，所有的头骨都是一个样的。"

强盗有些纳闷儿，怎么，这个年轻人不害怕吗？

吃过饭，强盗又带年轻人走到另外一个屋子。一打开门，小伙子惊讶地看到，里边竟然堆满了金银珠宝，耀眼得像天上的太阳。小伙子十分好奇，但还是忍住，什么都没问。

强盗忍不住了，就问他："你为什么不问我，刚才的头骨和这些财宝都是哪里来的？"

年轻人说："这并不是我的事情，我对这个没有兴趣。"

强盗满意地大笑起来："你真是个与众不同的人。以前走到我这个屋子里的年轻人，看到什么都会惊奇地大叫，并且对什么都问个不停。我怕他们出去之后，泄露我的秘密，就把他们都杀了。可是，你却什么都不问，你大概是个守口如瓶的人，你会对外人说起我的事情吗？"

小伙子答道："为什么我要说你的事情呢？这跟我没有关系，我有我自己的事情。"

强盗对小伙子的回答十分满意，就装了一大袋最大、最亮的宝石和金子送给他，并且说："这个是对你的奖赏。明天一早，你就可以带着这些金子离开了。记住，千万不能对别人提起我的事。"

第二天早上，小伙子早早地背着钱袋

上路了。没走多远,突然从丛林里钻出来三个人,朝他大喝一声:"站住!你的袋子里装的是什么?"

小伙子正要发火咒骂,突然想起老人给自己的第三条忠告:"遇事千万不要发脾气。"于是,小伙子忍住怒火,平静地说道:"里边装的是秘密。我不能告诉你。"

这时,昨晚屋子里的强盗从旁边走了出来,哈哈大笑:"小伙子,你是个遵守诺言的人。我可以相信你了。你走吧,顺着这条路一直走,就可以走到大路上去了。"说完就离开了。

小伙子松了一口气,高兴地想:爸爸的话没有错,老人的忠告的确很重要!

小伙子到了城里,用强盗给的钱开了一家店铺,做起了生意。他一直记着老人给的三条忠告,生意做得很好,还和一位漂亮的姑娘结了婚,过上了幸福的生活。

穷汉的木碗

（苏丹）

古时候，有一个穷汉，心肠很好，还很会讲故事。每天晚上，邻居们都会来穷汉家，听他讲有趣的故事，屋子里充满了欢声笑语。

穷汉在一个富人家干活儿。这个富人脾气很暴躁，动不动就发牢骚，训斥别人。他的家人都很怕他，不敢跟他说话。因此，富人家里总是冷冷清清的。

富人看到穷汉整天开开心心的，就非常生气，心想：我天天住在豪华的屋子里，吃着山珍海味，穿着绫罗绸缎，还有这么多烦恼。穷汉什么都没有，怎么可以那么高兴？我要想个办法，让他烦恼。

第二天，富人就把穷汉解雇了。他想，如果穷汉没有工作，就没有东西吃了。没有东西吃，他当然就不会那么高兴了。

果然，穷汉被富人解雇后，家里就少了很多的笑声，邻居们也不怎么来了。看到穷汉皱着眉头，一副忧愁的样子，富人乐得睡梦里都在"嘿嘿"地笑。

一天，穷汉对妻子说："再这样下去也不是办法，我出去找点儿活儿干吧。"

妻子答应了，想帮丈夫收拾一下出门的东西，可是，实在找不出什么来，只好给他一个边缘有缺口的木碗，希望能派上用场。

穷汉把木碗扣在头上，就上路了。走到海边时，他看到有艘船上缺人手，船长正急着招人。穷汉就请船长收下他，船长高兴地同意了。船很快就起航了。

135

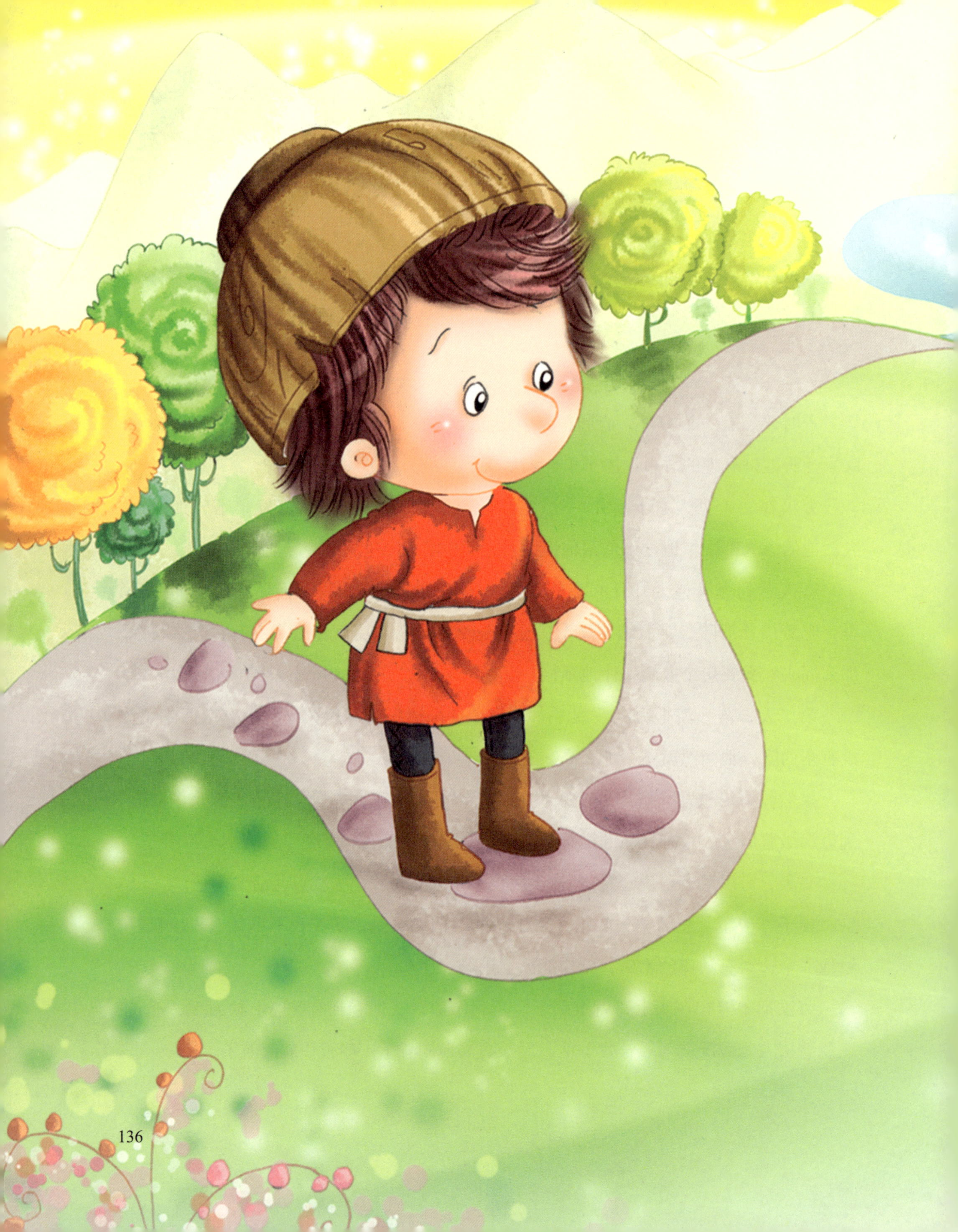

船在海上平静地行驶着，再过两天，他们就到达目的地了。这时，天空忽然变得阴沉沉的，狂风大作，暴雨也肆无忌惮地下起来，他们的船被打得摇摇晃晃的。他们遇上大风暴了。

　　船经不起风暴的袭击，在几经挣扎之后，很快就沉没了。穷汉趴在一块木板上，拼命地往最近的一个小岛上划。

　　终于，他划到了岸边。看到岸上有人，他满以为这下子有救了。谁知道，他刚一爬上岸，就被这些人用绳子捆起来了。

　　原来，这是一座孤岛，岛上的人和外界基本上没什么来往。他们穿着奇异的服装，过着有些原始的生活。现在，他们看到一个穿着与自己不一样的人出现，非常吃惊，就把他抓起来，送到头领那里。

　　这时正是夏天，天气非常炎热，头领在一棵大树下坐着，手下人用树叶给他扇

着风。头领一看到穷汉，就凶狠地说："这个岛上从来没有外人敢上来，你是什么人？竟然敢跑上来！难道，你不怕我把你扔到海里吗？"

穷汉战战兢兢地说："尊敬的头领，我不知道这里不让外人来啊！求您饶了我吧！我所在的船遇上风暴，沉海了。很多人被淹死了，我趴在木板上游到了这里，请大王不要杀我，救救我吧！"

头领盯着他好久，似乎在思考，然后说："我为什么要饶了你呢？这样吧，如果你有什么宝贵的东西献给我，我就饶了你！要不然，马上把你扔到海里去！"

穷汉想不出身上有什么宝贵的东西，只好拿出木碗说："大王，我是个穷汉，没有什么值钱的东西，只有这个木碗。"

头领把木碗拿在手里，仔细看了很长时间。他竟然从来没见过这个东西，就问穷汉："这是个什么宝贝？能干什么用？"

穷汉回答道："头领，这是我们家吃饭的碗。我在外面干活儿时，就把它扣在头上，可以遮遮太阳。"

头领很好奇，就把木碗扣在头上，走到太阳下面。啊！真的凉爽了不少呢。头领非常高兴，就对穷汉说："我喜欢这个宝贝！我决定饶了你。你有什么要求，尽管提出来吧。"

穷汉就说："只要头领让我回家就行了。"

头领马上答应了，并且，他还拿出一大堆红玛瑙、蓝宝石、绿松石之类的东西，交给穷汉，说道："这些玻璃块儿很漂亮，你拿回去给孩子们玩吧。"

穷汉高兴地把宝石装起来，去海边搭了一艘船，回家了。

138

回到家，穷汉买了很多很多好吃的东西，家人们都很高兴，欢声笑语又重新从屋里传出来。一顿丰盛的晚餐后，邻居们又跑来听穷汉讲故事了。

富人听说出去干活儿的穷汉回来了，又听到屋里有了笑声。心想："前一段时间，穷汉不是很不高兴吗？怎么现在又高兴起来了？难道是穷汉在外面赚了大钱，还是有什么奇遇呢？"一连串的疑问让富人一夜都没睡好觉。

第二天一大早，富人就跑到穷汉家，装作向穷汉道歉，询问穷汉发生了什么事。穷汉是个善良、诚实的人，看到富人假惺惺的关心，就认为富人已经变好了。他不仅热情地招待了富人，还把自己的奇遇告诉了富人。

富人听到穷汉得了很多的宝石，心里非常嫉妒。他想："穷汉用一个木碗，就换了这么多宝石。如果我备上精美的礼物，那不是会换来更多的宝石吗？"

于是，富人吩咐家人做好各种各样的美味佳肴，放在一个箱子里，又在另一个箱子里放上火腿、面包和奶酪，还有一个箱子里装满华丽精致的衣服。然后，他把箱子都放在船上，带了几个仆人，就向着穷汉说的孤岛出发了。

富人在海上漂了好几天，终于来到了那个孤岛。刚一上岸，富人也像穷汉那样，被一群人抓到头领那里，头领的头上戴着穷汉送的木碗。

还没等头领问话，富人就主动打开箱子，笑眯眯地对头领说："大王，我专程来到贵岛，向您献上我最诚挚的问候。"

头领很疑惑地看着富人，但是，那些美味实在是太诱人了，那些华丽的衣服也在箱子里闪闪发光。头领和手下人实在忍不住，开始挨个品尝美味，试穿衣服。

富人微笑着站在一边，信心百倍地等着头领下令，给他的箱子装满宝石。

头领吃饱喝足，穿上华丽的衣服。一抬头，看见了旁边可怜巴巴的富人，就拍着他的肩膀，说："你献上的东西真是太好了！所以，我决定不杀你了！我会把你留下，专门为我做这些美味的东西。"

　　富人一听，立刻就傻眼了。头领以为他还不满意，想了想，又说："这样吧，为表示我的诚意，我会再送给你一个我最珍爱的宝贝。"

　　说完，头领就从头上摘下穷汉送的那个木碗，郑重地扣在了富人的头上。

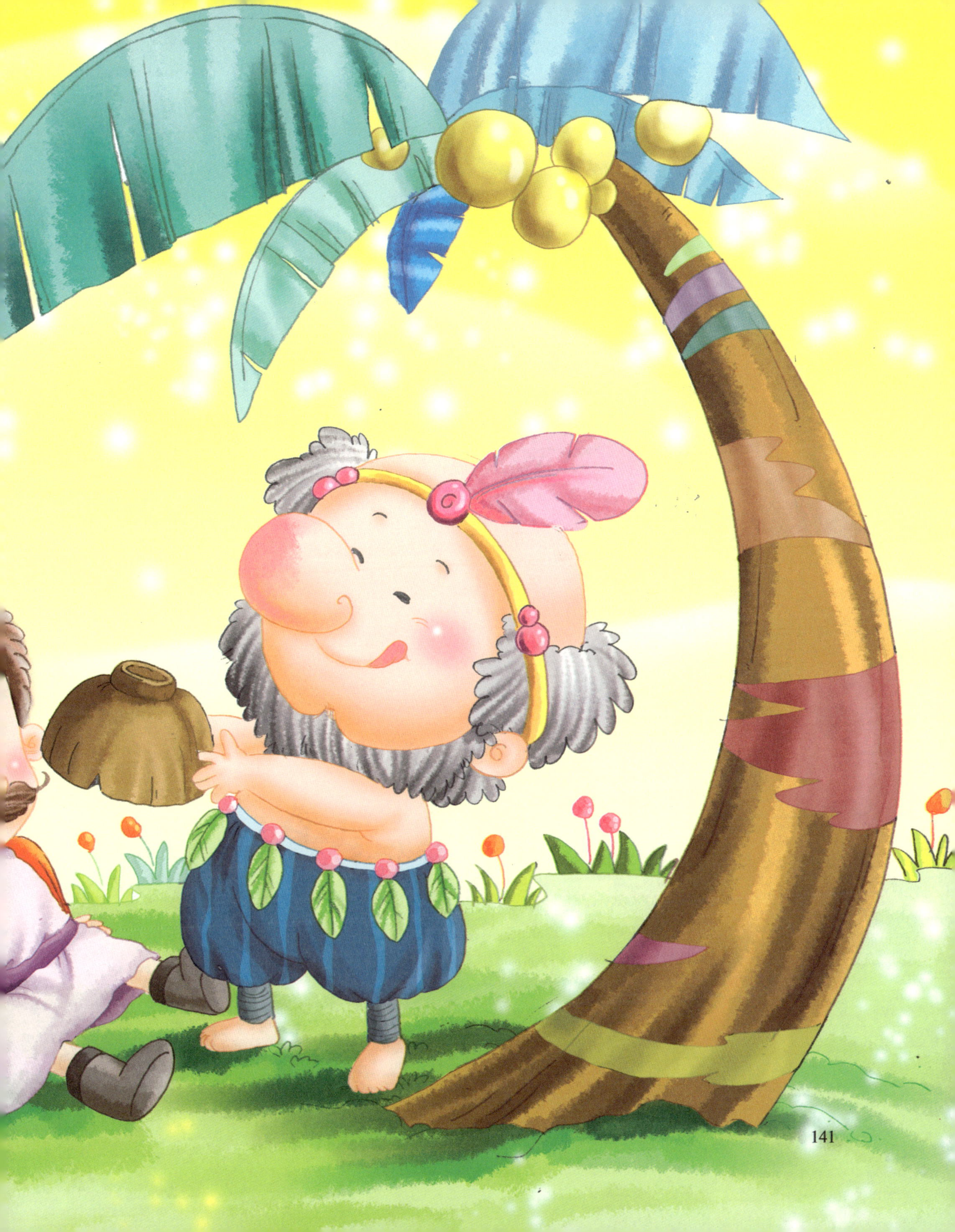

金纺车的故事

(捷克)

很久很久以前,在树林中有一间小木屋,里面住着一个寡妇,靠纺纱维持生活。

寡妇有两个女儿,是对双胞胎,姐姐叫兹罗波哈,妹妹叫多布龙卡。姐妹俩长得一模一样,都很漂亮,但是性格却截然相反。多布龙卡是一个懂事的好姑娘,温

柔听话，聪明勤快；兹罗波哈呢？又懒惰又骄傲，不愿意干活儿，还总是乱发脾气。

姐妹俩从小就会纺纱，尤其是多布龙卡，纺出来的纱又细又好。兹罗波哈非常嫉妒多布龙卡，她想，如果没有这个妹妹，妈妈一定更疼爱自己。

于是，兹罗波哈总是命令多布龙卡干这干那，还在妈妈面前说她的坏话。时间长了，妈妈也开始讨厌多布龙卡，而非常疼爱兹罗波哈。

每天，兹罗波哈只需要干一点儿活儿，还总是有漂亮的衣服穿。多布龙卡则要干所有的家务，不但没有新衣服，还要忍受妈妈的打骂。

有一次，兹罗波哈故意把纺好的纱弄得很乱，然后，跑到妈妈面前说："妈妈，你看多布龙卡，她把纱弄成什么样子了！"妈妈一听，问都不问一下多布龙卡，就狠狠地骂了她，并罚她不准吃饭。

尽管这样，多布龙卡还是很爱妈妈，从来都不跟妈妈顶嘴，她总是愉快地做完所有的事。

143

过了一段时间，妈妈把兹罗波哈送到城里去，让她学些手艺，希望她能碰上一个有钱人，然后嫁给他。至于多布龙卡，当然是在家不停地干活儿了。

有一天，妈妈进城看望兹罗波哈去了。多布龙卡一个人打扫了厨房、卧室和院子，就坐到纺车前，一边唱着歌，一边纺着纱。忽然，她听到外面传来马蹄的声音，连忙跑出去，看见一个年轻人骑着一匹马进到院子里来。这个年轻人穿着骑手的服装，戴着一顶插白羽毛的帽子，看起来非常英俊。

年轻人看见多布龙卡，礼貌地说："你好，姑娘！请问，你这里有没有药水之类的东西，我的手可能被树枝刮到了。"

多布龙卡这才看见年轻人的手在流血，就说："先生，您先坐一下，我马上就拿来。"说完，她赶紧找出药水和干净的布，细心地帮年轻人包扎。

年轻人说："姑娘，谢谢你，你真是太好了！有时间我会再来看你的。"

这天晚上，多布龙卡躺在床上，怎么也睡不着。她的脑海里，总是会出现那个年轻人的样子，而且，一想到他会再来，心里就很激动。后来，多布龙卡做了一个梦，梦见自己穿着漂亮的衣服，和那个年轻人在一个城堡里，快乐地生活着。

几天后的一个中午，一辆豪华的马车停在了小木屋门口。多布龙卡跑出去，看见那个年轻人从马车里下来。他微笑着说："你好，多布龙卡！"

多布龙卡心里一阵激动，连忙请年轻人进来坐下，倒水给他喝。年轻人拉着多布龙卡的手，说："多布龙卡，你愿意做我的妻子吗？"

多布龙卡一下子就愣住了："先生，你说的是真的吗？"

"当然是真的！多布龙卡，如果你愿意，我马上就可以带你走！"年轻人说。多

布龙卡脸红了，低着头说："你跟我妈妈说吧。"

正在这时，妈妈从林子里回来了，年轻人连忙向她提出自己的请求。他说："请您答应我吧！我会让她过得很幸福的。"母亲马上就答应了。多布龙卡快乐地收拾好东西，坐上了马车。

年轻人又对妈妈说："妈妈，您什么时候想去了，只要进城里打听公爵城堡的多布拉米尔，随便什么人都会告诉您怎么走的。"

这个年轻人竟然是一个公爵！多布龙卡和妈妈都非常吃惊。妈妈开始后悔，如果是兹罗波哈嫁给他，该有多好！

等马车走后，妈妈赶快进城去找兹罗波哈，告诉她这件事。兹罗波哈万分生气，对妈妈说："多布龙卡怎么能嫁给公爵呢？只有我，才配做公爵夫人啊！妈妈，一定要想个办法让我嫁给公爵！"

公爵和多布龙卡在城堡里举行了盛大的婚礼，宴请了城堡里所有的人。公爵的妈妈很喜欢多布龙卡，还送给她一枚镶着蓝宝石的戒指。多布龙卡简直不相信这是真的，看着站在身边的公爵，她觉得自己幸福极了。

多布龙卡细心地料理城堡中的大小事情，人们很喜欢她，都说女主人又善良又勤快，脾气也好。可是，过了没多久，公爵要出去打仗了。妈妈捎信来，希望多布龙卡回家住几天。

多布龙卡也很想念妈妈，就回去了。回到家，发现姐姐也在家，姐姐还亲热地祝福她。可是，当她们吃晚饭时，妈妈和姐姐忽然拿出刀子，把她扎死了，然后把她的尸体扔在林子深处。

第二天，兹罗波哈穿上多布龙卡的衣服，跟妈妈一起回城堡里去了。因为姐妹俩长得一模一样，谁也没有发现公爵夫人换了，只是觉得女主人的脾气忽然间不好了。

兹罗波哈以为，这下子，她可以安安稳稳地做公爵夫人了。谁知道，多布龙卡并没有死。原来，在林子深处，住着一位有法术的仙人，他从来不露面，所以没有人知道他。仙人看到那对狠毒的母女的行为，非常气愤，决定帮助可怜的多布龙卡。

仙人把多布龙卡带到一个岩洞里，在她的伤口处抹上药膏，又把一种神奇的药

水滴进多布龙卡的嘴里。

　　几天之后,多布龙卡醒了过来。她看到一位慈祥的老人正站在床边,微笑地看着她。多布龙卡想起昨天发生的事,说:"老爷爷,是您救了我吗?"

　　仙人微笑着点了点头,对她说:"你不要出去,就在这里等着,公爵会来接你回去的。"

仙人拿出一架用金子做的纺车，吩咐他的侍童，把金纺车拿到城堡里去，卖给公爵夫人。

侍童扛着金纺车来到城堡里，求见公爵夫人，对她说："尊敬的公爵夫人，这架金纺车是我母亲临死前留下的。我想，只有您才能配得上它！我愿意把它送给您，您只要随便给我点儿钱就行了。"

金纺车在太阳底下闪闪发着光，兹罗波哈一看见它，就喜欢上了。听到侍童这样说，她更是高兴得不得了，就赏给侍童一大笔钱，把金纺车买下了。

过了几天，公爵胜利归来，热烈地拥抱兹罗波哈，并没有认出她不是自己的妻子。他问假妻子："亲爱的多布龙卡，我不在家这段时间，你碰到过什么有趣的事情吗？"

兹罗波哈说："亲爱的，前几天，有个人卖给我一架漂亮的金纺车，我还没用过，想等着您回来时再用呢。"公爵说："那就去纺一纺让我看看吧。"

于是，兹罗波哈坐在金纺车前，开始纺纱。这时，纺车里有个声音传出来："尊敬的公爵啊，你英勇机智，怎么就认不出你的妻子呢？这个女人并不是你的妻子，她把你的妻子害死了，扔在林子里。你快骑上马去找她吧！"

一连叫了几遍，兹罗波哈听了，害怕得发抖。公爵这才看出她不是多布龙卡，马上下令把她绑起来。然后，公爵骑上一匹快马，赶往森林深处。

在仙人的暗中帮助下，公爵很快找到了多布龙卡，把她带回了家，重新幸福地生活在一起。

至于兹罗波哈跟她妈妈，公爵本来要处死她们，可是，在多布龙卡的请求下，公爵饶恕了她们，但再不准她们进入城堡。

十二只野天鹅

（挪威）

这个故事发生在很久以前的一个古老的王国里。

这个国家的国王有十二个儿子和一个年仅两岁的女儿。小公主长得非常漂亮，皮肤白皙，嘴唇红润。

十二个年轻的王子都很喜欢他们的妹妹，经常领着她玩，逗她开心。小公主也很喜欢哥哥们，一看见他们，就会高兴得手舞足蹈。

可是，有一天，小公主忽然发起烧来，王宫里最好的大夫也治不好她。王子们急得整天陪在妹妹床前，不愿意睡觉。

一个又丑又脏的老太婆来到王宫，对王子们说："我能治好你们的妹妹，但是，作为交换，你们必须跟我走。"

王子们很爱自己的妹妹，他们不忍心看着妹妹死去，就答应了

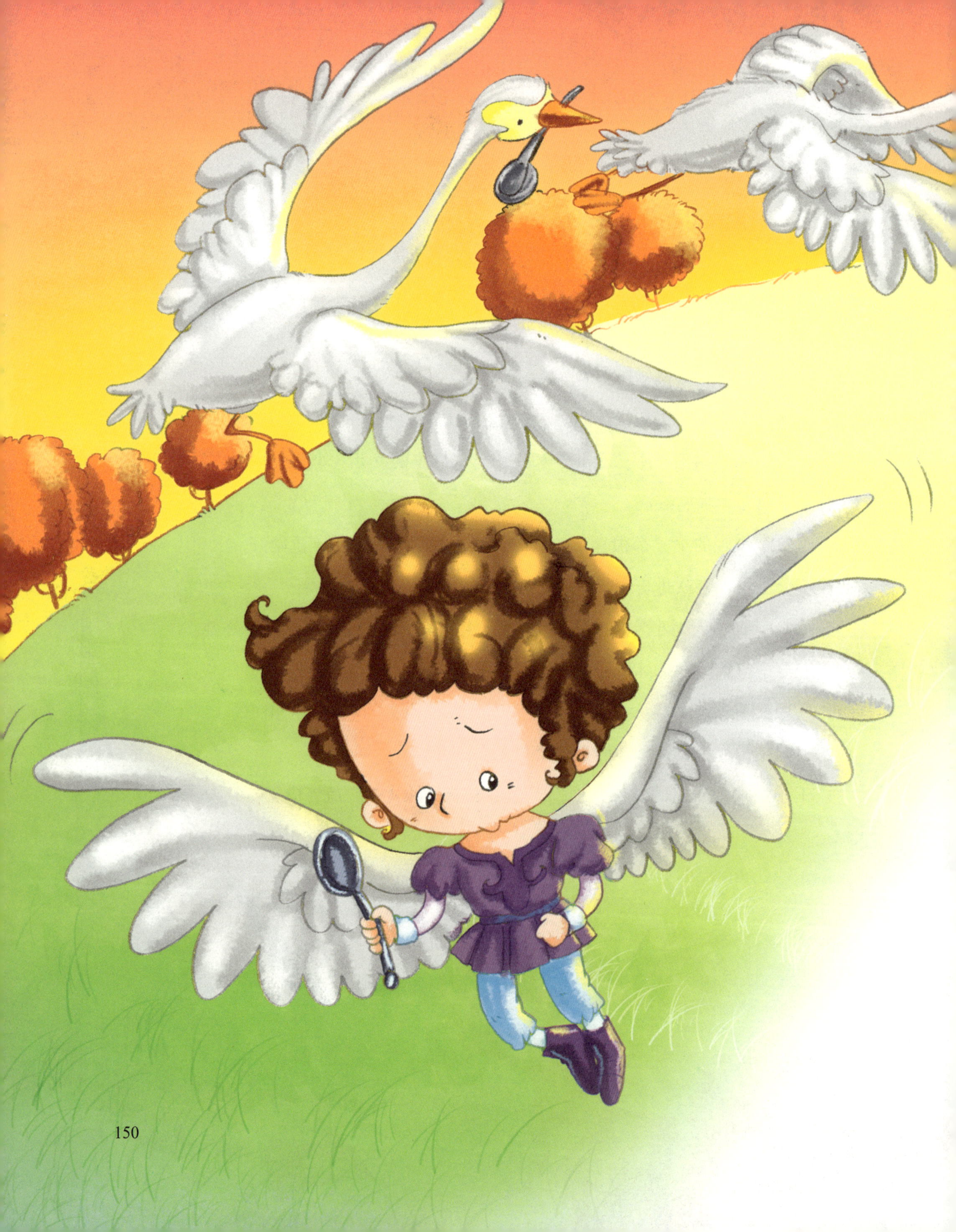

老太婆，但请求十天之后再走。老太婆同意了。

　　第二天，小公主的病奇迹般地好了，王宫上下一片欢乐。王子们想到快要走了，就天天待在妹妹身边，陪着她玩。

　　一想到儿子们就要离开自己，国王和王后心里就很难过。王后让银匠打了十二把银勺，每个王子一把，也给小公主打了一把，和哥哥们的一模一样。王后希望，兄妹们能够再相会。

　　十天之期很快就到了，十二个王子看着妹妹睡着，就跟国王和王后告别，走出宫来，变成了十二只天鹅，飞往天边，没有人知道他们到底飞向哪里。

　　小公主渐渐地长大了，她不仅长得漂亮可爱，而且聪明伶俐，大家都很喜欢她。可是，王后一看见她，就会想起自己的儿子们，然后就非常伤心。

　　有一次，小公主跑去找王后，问道："亲爱的妈妈，所有人都很喜欢我，为什么您一看到我，就会很伤心呢？"

　　王后就把哥哥们的事告诉了她。小公主很难过，认为都是自己的错。她决定自己去把哥哥们找回来。

　　小公主悄悄地离开了王宫，一个人上路了。她也不知道要去哪里，只是这么不停地走啊走啊，希望能在哪儿碰上哥哥们。有一天，小公主正站在一个岔路口，犹豫着不知要走哪条路，忽然看到天上飞过十二只天鹅，小公主就想，反正也不知道路，就跟着天鹅走吧。

　　于是，小公主就顺着天鹅飞的方向往前走。不知走了多长时间，也不知走了多

远的路,这天,小公主走到了一个美丽的湖边。她看到离湖不远的地方有一间小木屋,就走了进去。

屋里没有人,放着十二张床,十二把椅子,桌子上还有十二把银勺子。小公主看到勺子跟自己的一样,就知道,这一定就是哥哥们的房间。她高兴极了,开始动手收拾房间,扫地,铺床,把炉子里的火点着,然后又煮了一些吃的东西。在这一切做完之后,小公主就在最小的床上躺了下来,马上就睡着了,因为她太累了。

这时,门外响起一阵拍打翅膀的声音。接着,有一群天鹅飞进屋里,落地时,十二只天鹅变成了十二个英俊的王子。他们惊讶地看到,屋子变得整洁干净,桌上有喷香的饭菜,床上还有一个小女孩在睡觉。这是怎么回事?

"她是我们的妹妹!"最小的王子说。他看到桌上多出来一把银勺子,这勺子跟他们的一模一样。王子们叫醒了小公主,发现真的是他们的妹妹!他们高兴地互相拥抱。

最大的王子说:"亲爱的妹妹,你不在王宫里待着,跑这里来干什么?"

小公主说:"哥哥,对不起,都是因为我,你们才不能回宫。所以,我想把你们找回去。有没有什么办法可以帮你们回去呢?"

一个哥哥说:"我们被那个老巫婆施了咒语,白天是天鹅,晚上才能变回原来的样子。你要是想救我们,就去附近采摘一些野棉花草,把它们纺成线,织成布,然后用这种布裁剪、缝制成十二件袍子,给我们每人一件。我们穿上它,就可以解除咒语了。但是,在缝好以前,你必须装成哑巴,一句话都不能说。否则,不但救不了我们,连你自己也活不成了。"

小公主说:"亲爱的哥哥们,请相信我,我一定会做到的!"

从此,小公主就在这里住下来了。王子们白天变成天鹅飞走,晚上飞回来,重新变成王子。小公主则整天采摘野棉花草,把它们纺成线,织成布,再缝制成袍子。

一天,小公主又出去采摘野棉花草了,碰巧碰到这里的国王出来打猎。年轻的国王看到小公主美丽可爱,就想把她带走,娶她做王后。

小公主不能说话,只能用手指指她采的野棉花草。国王马上明白了,就吩咐手下把她的这些草和织了一半的袍子都带上,小公主微笑着跟国王走了。

小公主成了这个王国的王后,国王很爱她,小公主觉得也很幸福。可是,她从来没说过话,一直赶着缝制哥哥们的袍子。

国王有一个女仆,她梦想有一天能做国王的妻子,登上王后的宝座。现在,她看到国王娶了一个哑巴做王后,还对她非常好,心里就很嫉妒。女仆决定想个办法除掉王后。

女仆在国王面前说了很多王后的坏话,可是,国王太爱王后了,所以总是不计较。女仆想,应该用一个更狠的办法才好。

一年后,小公主生了一个小王子,女仆更加仇恨她了。一天半夜,她偷偷溜进王后的卧室,把小王子抱出来,扔进湖里,然后,把鲜血涂在王后的手上和脸上。做完之后,她就去找国王,对他说:"你去看看吧!看你的王后做了什么事!她竟然把自己的儿子吃了!"

国王看到王后身上满是鲜血,王后又不吭声,就相信了。但是,他很爱王后,就说:"她也许是有什么原因,这次,我就原谅她吧。"

又过了一年，王后又生了一个小王子。这次，女仆又像上次那样，把小王子扔进湖里，然后诬陷王后，说她又吃了自己的儿子。

国王这次很伤心，决定不再原谅王后，下令烧死她。小公主什么也不说，只是赶着缝制袍子上的最后一处地方。

当人们把柴火堆好时，小公主的袍子也缝好了。小公主着急地对国王比画，她请求在旁边放上一个长木板，然后，把她缝制好了的袍子放在木板上。

国王答应了她的请求。等把这一切做好之后，空中忽然飞来十二只天鹅，他们围着小公主转了一圈，然后各自衔了一件衣服。

奇迹出现了！十二只天鹅忽然不见了，地上站着十二个王子，一个比一个英俊。

王子对国王说:"尊敬的陛下,她是我们的妹妹。她没有吃掉自己的孩子,请您相信她。"又对小公主说:"亲爱的妹妹,谢谢你帮我们解除了咒语。现在,你可以开口说话了。"

于是,小公主对国王讲了事情的经过以及女仆的阴谋。国王知道自己冤枉了王后,悔恨极了,下令把女仆烧死。

国王和王后来到十二个王子的住处,惊喜地发现,他们的两个儿子并没有死,正在床上安静地睡觉,而且,看起来很健康可爱。

小公主跟十二个哥哥一起回家,看望爸爸妈妈。然后,回来与国王幸福地生活在一起。

渔夫的女儿

（菲律宾）

在菲律宾的邦阿西楠省，有一个林加延海湾。传说，在海湾深处，会突然出现一个漩涡，这个旋涡会把游在它附近的人吸到海底。每一年，都会有人丧生在这个可怕的漩涡中。据说大多是年轻的姑娘。这是为什么呢？

据说，很久很久以前，在海湾深处，住着一个海湾之神，名叫马克西尔。

马克西尔有一个女儿，长得漂亮迷人，活泼可爱，马克西尔极其疼爱她，她要什么就给什么。他是个慈爱的父亲，每天，都会抱着亲爱的女儿，在海上轻轻地荡着秋千，所以海面上经常风平浪静。

可是，有一天，马克西尔的女儿忽然得了一种怪病，马克西尔把最好的大夫找来，也没有治好女儿的病，女儿死了。从此，马克西尔像变了一个人，动不动就火冒三丈。

原本用来荡秋千的海水，现在成了马克西尔发泄怒火的最好场所。心情一不好，他就兴风作浪，顿时，天就变得阴沉沉的，暴雨也肆无忌惮地下起来。附近的人们都非常害怕他。

离海湾不远，住着一对打鱼的夫妻，他们以打鱼为生。夫妻俩也有一个女儿，叫玛丽凯特。玛丽凯特聪明勤快，也很爱爸爸妈妈，每天都会早早起来，帮助妈妈做家务。夫妻俩很疼爱这个女儿，认为她是他们最珍贵的宝贝。一家人生活得平静

而幸福。

玛丽凯特很喜欢沿着海岸走，跟海螺说说话，帮乌龟回到海里，逗逗迷路的螃蟹。玛丽凯特的爸爸告诫她，一定不要走得太远，如果不小心碰到海湾之神，说不定就会被抓走的。玛丽凯特是个听话的孩子，一直都在屋子附近玩。

可是，有一天，玛丽凯特沿着海岸寻找美丽的贝壳，不知不觉地，就走出屋子好远。她一直沿着海岸走，走到了一个隐蔽的小湾。这个小湾风景优美，海水轻轻地拍打着海岸，还有许多奇异的鱼和小鸟。

玛丽凯特高兴得叫了起来，她从来没有来过这里，也从来没见过这么美丽迷人的小湾，一下子就被吸引住了。她在海岸上又是唱歌又是跳舞，一直到天快黑时，才赶紧跑回家。

妈妈找不到玛丽凯特，正在家里着急，一见到她回来，马上问："我亲爱的女儿，你终于回来了！你去哪里了？"

玛丽凯特兴奋地说："妈妈，妈妈！我发现了一个好玩儿的小湾，太美丽了！沿着海岸一直走就到了。为什么你以前从没带我去过呢？"

妈妈一听，吓了一跳，拉着玛丽凯特的手说："我亲爱的女儿，你怎么会跑到那里！那是海湾之神睡觉的地方，他要是看见你，会把你吃掉的！以后，不要再去了！"

玛丽凯特看到妈妈严肃的眼神，就答应了。可是，她心里想：这么美丽的地方，怎么会有危险呢？海湾之神为什么要吃人呢？妈妈肯定是骗我的。

第二天，趁着妈妈不注意，玛丽凯特又跑到那个美丽的小湾去了。这次，可怕的事情发生了。

原来，这真的是马克西尔睡觉的地方。昨天，马克西尔看到有人来到这里，正准备发怒，忽然发现这个小女孩儿长得跟他的女儿很像，而且，又唱又跳的，非常可爱。他不禁想：如果我让这个女孩子做我的女儿，那么，我就不会这么伤心了吧！于是，马克西尔决定，等玛丽凯特再来时，就把她留下。

玛丽凯特来到小湾，又在那里快乐地笑着，又唱又跳。这时，她看见小湾里的海水忽然向两边分开，出现了一条窄窄的通道，一只很大很大的乌龟从里面走出来。玛丽凯特惊讶极了，一动不动地看着这一切。

乌龟走到玛丽凯特跟前，对她说："亲爱的玛丽凯特，欢迎你到这里来，海湾之神要见你，请跟我走吧。"

玛丽凯特想起妈妈的话，想转身回去，可是，不知怎么回事，她不由自主地跟着乌龟走了。

海里有很多很多美丽的花草，奇怪的石头，还有各种各样的鱼。鱼儿们看见玛丽凯特，热情地向她打招呼道："欢迎你，美丽的玛丽凯特！"玛丽凯特很快被周围的景象迷住了。

忽然，乌龟停住了脚步，玛丽凯特也连忙站住。她这才发现，自己到了一个用水晶做成的宫殿里。抬头一看，宝座上坐着一个慈祥的老人，头上戴着一顶用珍珠做成的王冠，手里拿着一根鳗鱼形状的银杖。这就是海湾之神马克西尔。

马克西尔温和地说："亲爱的玛丽凯特，别害怕，我不会伤害你的。我是海湾之神马克西尔，如果你做我的女儿，我会非常疼爱你。在这里，你想干什么就干什么，所有的人都会听你的话。你会有很多的仆人，有漂亮的衣服和首饰，还有吃不完的美味。"

玛丽凯特说："可是，可是我有爸爸妈妈呀！我要是做了你的女儿，他们怎么办呢？"

马克西尔说："玛丽凯特，只要你愿意做我的女儿，我会给你的

爸爸妈妈很多很多的钱，他们就不用辛苦地捕鱼了。"

玛丽凯特想了好久，说："可是，爸爸妈妈会很想念我的。我不能做你的女儿，求求你，让我回家吧！"

"不行！绝对不行！"马克西尔一声大叫，马上由一个温和的老人变成了一个半鱼半人的怪物，他的声音也变得像波涛那样低沉，整个海底好像都晃动起来。

马克西尔恶狠狠地瞪着玛丽凯特，说："我是不会放你回去的，除非你答应做我的女儿！"接着，他把她关进一间华丽的房子里，吩咐虾兵们看守她。

美人鱼们都来了，给她穿上缀着美丽花朵的银色长袍，戴上一顶珍珠花冠和一串闪着奇异光芒的贝壳项链。其他的鱼儿们还为她表演各种各样的笑话、魔术、杂技，来逗她开心。

可是，玛丽凯特还是非常想念爸爸妈妈，她不停地哭泣，嚷着要回家。

马克西尔的仆人中，有一个叫阿古拉的。她看见玛丽凯特整天地哭泣，就说："孩子，马克西尔是不会放你回去的。你就答应他吧，否则，他会杀了你的！"

"可是，我很想念我的爸爸妈妈呀！他们一定在到处找我呢！"玛丽凯特哭着说。

阿古拉叹了口气说："孩子，你不要着急，我一定会想办法帮你的！"

晚上，阿古拉在茶水里放了些催眠药，端给看守玛丽凯特的虾兵们，他们很快就睡着了。阿古拉赶紧叫醒玛丽凯特，带着她偷偷地溜出宫，来到事先藏好的小船前。然后，她帮助玛丽凯特把船划出了海面，玛丽凯特就使劲朝自己家划去。

玛丽凯特的爸爸因为思念女儿，很晚的时候，还在海岸上转悠。忽然，他发现海面上有一只小船，正飞快地向这边驶来。再仔细一看，船上坐着的，不正是亲爱的女儿吗？

船刚一到海边，爸爸就跑上前去，一把抱住了玛丽凯特。玛丽凯特高兴地哭了起来。

等虾兵们醒来，发现玛丽凯特已逃跑时，玛丽凯特已经在爸爸妈妈的身边，幸福地睡着了。

马克西尔大发雷霆，气愤地说："我一定要找到一个愿意做我女儿的姑娘！"

从此以后，每一年，都会有一个年轻的姑娘被突然出现的漩涡，吸进海里去。

白　蝴　蝶

(英国)

　　从前，有一个叫多纳德的渔夫，孤身一人住在海边。

　　每天，多纳德出海回来，就坐在炉灶边，看着炉灶里跳动的火星发呆，一直等到瞌睡时，才去睡觉。

　　多纳德觉得很孤单，心想，如果我有一个贤惠的妻子，能帮我煮饭，料理家务，陪我说话，那就太好了。

　　有一天傍晚，多纳德又坐在炉灶边，低着头，一动不动地想着心事。太阳落山了，屋里很快黑了下来，多纳德站起来，点亮煤油灯。

这时，有一只白蝴蝶飞了进来，在煤油灯的上空盘旋。多纳德没有别的事干，就盯着白蝴蝶，想看看它到底要干什么。白蝴蝶几次想扑向灯光最亮的地方，但是，又好像很害怕似的飞走了。这样试了几次之后，白蝴蝶的翅膀被烧坏了，跌落在地上。

多纳德忽然很可怜这只白蝴蝶，就小心地把它捧起来，放在炉灶边的一个小凳子上，对它说："亲爱的蝴蝶啊，你要乖乖地在这里睡觉！到明天早上，你的翅膀好了，就可以再飞起来了！"说完，多纳德就去睡觉了。

第二天，多纳德醒来，发现白蝴蝶不见了，炉灶边坐着一个穿白衣服的姑娘，长得非常漂亮。他惊讶地看着她，问道："姑娘，你是谁呢？是不是迷路了？"

姑娘笑着说："我就是白蝴蝶，谢谢你的好心。我愿意做你的妻子，帮你煮饭，料理家务，并且永远爱你。但是，你不能告诉任何人我是一只蝴蝶。"

多纳德答应了。蝴蝶妻子很贤惠，每天勤劳地打扫屋子，煮好香喷喷的饭等他回来。多纳德再也不孤单了，觉得自己很幸福。

但是，蝴蝶妻子不让多纳德点煤油灯。她对多纳德说："我很害怕灯光。一旦有灯光，我就会不由自主地扑向它，然后，就会死去。多纳德，你已经看见过一次了，如果不想让我死，就请不要点煤油灯，只用炉火的光吧！"

于是，每天晚上，多纳德和妻子就坐在炉灶旁边，就着炉火的亮光，快乐地吃晚饭，说着有趣的事情。

离渔夫家不远，住着一位寡妇和她的女儿。寡妇非常想让多纳德娶她的女儿，可是，因为她的女儿好吃懒做，脾气也很暴躁，渔夫拒绝了。寡妇母女很生气，总

想找机会报复多纳德。

现在，寡妇母女看到渔夫娶了一位美丽的妻子，生活很幸福，就十分嫉妒。娘俩在家开始商量对策，想拆散他们。寡妇对女儿说："我亲爱的女儿啊，你去他们家串门吧，时间长了，也许能发现什么秘密。那样，就有办法达到我们的目的了。"

从此，寡妇的女儿天天去渔夫家串门。她假装很关心他们，跟他们套近乎，说这说那的，不久，就赢得了蝴蝶妻子的信任。

寡妇的女儿看到蝴蝶妻子不仅美若天仙，而且温柔体贴，就更加仇恨她了。可是，她一直没有听到他们什么秘密。

只是，有一件事情，一直让寡妇的女儿很疑惑。这就是，渔夫家明明有煤油灯，可是，他们却从来不用，只是借着炉灶里的光做事情。

她觉得这里一定有什么问题，就对妈妈说了。寡妇一听，大声叫道："我亲爱的女儿啊，你怎么不早说呢？这一定就是他们的秘密。你一定要打听清楚啊！"

一天晚上，寡妇的女儿又来到渔夫家。她故意走到窗边，拿起闲置的煤油灯，说道："既然有煤油灯，为什么不用呢？"说完，就要去把灯点亮。

"不要——"蝴蝶妻子惊恐地叫道。多纳德则赶紧过来把灯拿走。

"为什么不用呢？里面不是还有很多油吗？"寡妇的女儿故意装作很糊涂的样子，问道。

"因为我害怕这灯光！"蝴蝶妻子认为寡妇的女儿没有恶意，就把秘密说了出来。

寡妇的女儿心里一阵高兴，但是，她表面上却装作很难过的样子，安慰蝴蝶妻子。过了一会儿，她就回家了。

一回到家,她就把这个秘密告诉妈妈,接着说:"妈妈,为什么她会这么害怕灯光呢?如果她看到了灯光,又会怎么样呢?难道她会死吗?"

妈妈马上说:"不管怎样,这一定是个报复她的好机会,我们一定要试一试。"

第二天晚上,趁着多纳德出海还没有回来,寡妇的女儿又来到渔夫家。蝴蝶妻子热情地招呼她进屋。

坐了一会儿,寡妇的女儿忽然说肚子很疼。蝴蝶妻子信以为真,赶紧扶她躺下,然后,去里屋倒水给她。

蝴蝶妻子刚一进屋,寡妇的女儿就立即起身,从炉灶里抓出一块炭火,点亮了煤油灯。然后,又把煤油灯放在离里屋门最近的地方,以便蝴蝶妻子一出来,灯光就能照到她。做完这一切之后,她又大声地喊肚子疼。

蝴蝶妻子听到她的喊声，赶紧端着水出来了。她看到灯光，吓了一跳，水碗从手里掉了下来。她焦急地对寡妇的女儿说："快把它熄掉，它会害死我的！求求你了！"

可是，她发现，那个狠毒的女人把灯拿得更近了，还冷笑着说："你以为我是真的肚子疼吗？我是故意的！我故意把灯点着，怎么会把它熄掉呢？我倒要看看，你有多害怕这灯光！"

蝴蝶妻子绝望地用手捂住眼睛，转过身去，希望自己不要看到灯光。

寡妇的女儿存心要害死蝴蝶妻子，就拿着煤油灯，故意放在她的眼前。

终于，可怕的事情发生了。蝴蝶妻子的眼睛开始一眨不眨地盯着灯光，慢慢地靠近它，并且伸出双手，去触摸煤油灯的火焰。

寡妇的女儿没想到会这样，吓得呆住了，一动不动地拿着煤油灯，站在那里。

这时，多纳德回来了。他推开门，看见妻子正向灯光扑去，连忙冲上去，把灯打在地上。

灯光灭了，可还是晚了一步。蝴蝶妻子倒在丈夫的怀里，微笑地看着他。她的身体开始变小，变小，最后，她又变成了一只美丽的白蝴蝶，但是，却已经死了。

多纳德抬起头，看见吓呆了的寡妇女儿，愤怒地踢了她一脚。然后，他捧起地上的白蝴蝶，一直向海边走去。

后来，没有人再看见过多纳德。

有人说，多纳德也变成了一只白蝴蝶，在浩瀚的蓝天中，去找寻他美丽的妻子了。

老鼠选女婿

（比利时）

从前，有一只老鼠，她非常傲慢，很看不起自己的同类。她认为，老鼠们整天躲在地底下，过着暗无天日的生活，只有在晚上，才能偷偷溜出来，这是世界上最没有出息的事。所以，她很为自己是只老鼠而伤心，整天闷闷不乐。

后来，这只老鼠生了一个女儿，长得很美丽。周围几个城镇的老鼠听说了，都想娶这个美丽的老鼠姑娘为妻。可是，骄傲的鼠妈妈是这么地看不起自己的同类，她怎么会容许自己的女儿嫁给一只老鼠呢？

每当有别的老鼠来求亲时，鼠妈妈看都不看一眼，就说："趁早打消这个念头吧，我宁愿死，都不会把女儿嫁给你的！"老鼠小伙子们只好一个个垂头丧气地离开了。鼠妈妈心里一直想着，一定要让自己的女儿嫁给一个最有本事、最强大的先生。

可是，谁才是最有本事的呢？鼠妈妈想破了脑袋也想不出来。鼠姑娘一天天长大，鼠妈妈一直没有为自己的女儿找到一个合适的丈夫。

一天，她正在洞里想这件事，忽然，洞外传来"喵喵"的猫叫声，鼠妈妈吓得全身的毛都竖了起来。但她转念一想：啊！我知道了！猫不就是世界上最强大的吗？再勇敢强壮的老鼠见了他，都会吓得屁滚尿流！哈哈，我一定得把女儿嫁给伟大的猫咪先生！

老鼠向猫提亲，这可是从来没有过的事情。可是，又有什么比女儿的幸福更重要呢？嫁给了猫咪先生，就可以永远改变子孙后代卑贱的身份了！

于是，鼠妈妈大着胆子，来到猫的住处，浑身颤抖着对猫说："尊敬的猫先生，您是世界上最强大、最威严的先生，请您允许我，把我最美丽的女儿嫁给您吧！"

猫一听就大笑起来，捋捋胡子说："哈哈，老鼠居然要嫁给猫！娶一个美貌无双的老鼠姑娘，我当然也是十分愿意的。不过，我并不想欺骗你，其实，我并不像你说的那么强大。告诉你吧，这个世界上最强大的是狗！我每次见到他，都会吓得马上逃走。你去找狗吧，他才是最强大的呢！"

鼠妈妈一听，还有比猫更厉害的！她赶快连声道谢，马上去找到狗，对狗说："尊敬的狗先生，我听猫咪先生说，您是世界上最强大的先生。请问，我能把我最美丽的女儿嫁给您吗？"

狗扬扬尾巴，说道："可爱的老鼠，我当然愿意娶你美丽的女儿！但是，我并没有你说的那么厉害啊！我虽然可以制伏猫咪，但是却制伏不了凶猛的老虎。他可是万兽之王啊！所有的动物见了他，都吓得浑身发抖呢！你去找他吧，我想，他才是您要找的那个最强大的先生呢！"

还有比狗更厉害的？鼠妈妈急急忙忙去找老虎，老虎一看到老鼠，就把她抓了起来。鼠妈妈赶紧解释道："尊敬的万兽之王啊，我不是故意要冒犯您的，请不要吃我。我听说，您是这个世界上最勇猛、最厉害的先生，所有的动物都得听您的话，所以，我愿意把我的女儿嫁给您，做您的妻子！"

老虎听到鼠妈妈的赞扬，心里很高兴，就把鼠妈妈放了，对她说："亲爱的老鼠，你可真会说话，说得我心里高兴极了！但是，我不想欺骗你，我并不是最强大的先生。你看到山下耕田的那个农夫了吗？他才是这个世界上最厉害的！前几天，他们一群人杀死了我的一个兄弟呢。"

鼠妈妈听说还有更厉害的，就谢过老虎，赶紧下山找到农夫，恭敬地对农夫说："尊敬的农夫先生，听说，在这个世界上，您是最强大、最高贵的人。您可以主宰所有的生命，猫咪，狗，甚至连凶猛的老虎都被您制伏了。整个世界上，再也没有比您更强大更厉害的了！您愿意娶我的女儿为妻吗？我的女儿是最美丽的姑娘。"

农夫听了，哈哈大笑，说道："老鼠啊老鼠，我怎么会是最强大的、最厉害的呢？你抬头看看天上的太阳吧，我在田地里耕作的时候，他总把我晒得头晕眼花的，而且，他要是耍起威风来，还能把我辛辛苦苦种的庄稼全部都晒死呢！他才是世界上最万能、最强大的呢！我们都很怕他。"

听了农夫的话，鼠妈妈心花怒放。她赶快就跑到太阳宫，诚心诚意地对太阳说："尊敬的太阳先生啊，在这个世界上，数您最万能、最强大，您要是不高兴，世界上所有的东西都活不成了。我恳求您，娶我的女儿为妻吧！"

太阳说:"亲爱的小老鼠,你说得都对,可是,我也有害怕的东西呢。你看那边的云彩,我不惹他,就什么事都没有。我要是哪点招惹他了,他就会变成乌云,把我包围起来,我只有向他求饶,他才会放过我呢!你去找他吧,也许,他会娶你的女儿。"

老鼠赶紧去找到云彩,说:"尊敬的云先生啊,听说您本领高强,连强大的太阳也拿您没有办法。我对您十分佩服,请您允许我,让我的女儿做您的妻子吧!"

云彩微笑着说:"尊敬的老鼠啊,我的确能把太阳围起来,可是,我却拿北风一点儿办法都没有。他要是发起威来，就会把我撕得七零八散的，再也合不到一起了。他可是非常厉害呢！我一看见他，就会发抖。你还是去找他吧！"

老鼠又急急忙忙地赶到北风的宫殿里，对北风说："亲爱的北风先生啊，我问了很多人，发现您才是世界上最有本事的先生。只有您，才能配得上我美丽的女儿！请您娶她为妻吧！"

北风谦虚地说："亲爱的老鼠啊，很高兴你这么看得起我。可是，我也没那么厉

害啊。你去找墙吧！我天天对着他吹，可是，他还是老样子，一动不动地立在那里。他可是我见过的最坚强的先生了。"

老鼠带着女儿，来到墙的面前。墙一看到她们，就发起抖来，结结巴巴地问："你们想干什么？"鼠妈妈莫名其妙，但还是诚恳地说："尊敬的墙先生，听说您是天底下最坚强的先生，您被最强劲的北风吹过，还能一动不动的，我真的很佩服您！我愿意把我最美丽的女儿嫁给您！"

听明白了她们的来意，墙才放松下来，他哈哈大笑，说道："老鼠啊老鼠，你以为我是最厉害的吗？不是的！我告诉你，你们才是最厉害的呢！你看看我脚下的洞，那都是你们老鼠打的啊。我能顶住北风的吹袭，却管不了你们不停地打洞啊！这样下去，时间一长，我就会倒塌了。你们老鼠，能置我于死地呢！"

鼠妈妈愣住了，怎么回事呢？原本以为猫是最强大的，猫却很怕狗，狗又怕老虎，老虎怕人，人又怕太阳，太阳说云彩最有本事，云彩又说北风最厉害，北风则说墙最坚强。而墙，墙却很怕我们老鼠！想了好久，她终于明白：原来，世界上最强大的，还是自己啊！

于是，鼠妈妈再也不认为老鼠们没出息了。她高高兴兴地把女儿嫁给了一只最强壮、最勇敢的老鼠小伙子。鼠姑娘和她的丈夫从此过着幸福的生活。

石　匠

(智利)

　　从前，在一个山脚下住着一个石匠。这个石匠每天都走进大山深处，寻找各种各样的石头，然后把它们雕凿成不同的墓碑和盖房子用的石头。

　　多年的石匠生涯使他成了一个很有经验的石匠。每当看到一块石头，不管是什么样的，他都能马上猜出它的用途，分析出它被雕成什么样的东西最好，因此，他的雕凿技术称得上很是高超，方圆几十里的人都知道他是一个好石匠。石匠的生意不错，日子不算富裕，可也能吃饱穿暖，他很知足。

　　传说山里来了一个山神，这个山神经常会不经意地来到你面前，满足你各种不同的愿望，提供给你想要的帮助，给人带来幸福和快乐。

　　但是石匠觉得既然他每天都进山，每次都没有见过山神，那么，这个传说中的山神肯定是不存在的。每当人们议论纷纷时，他都不以为然。

　　有一天，他遇到了这样一件事。他搬着一块大石头路过一家富人的门前，不经意地往里一看，他简直是目瞪口呆。天哪，天下竟然还有这么多漂亮的东西！这么多他没有见过的东西！

　　丝绸门帘在风中飘动，床上铺着金色流苏的床单。他眼花缭乱了。成堆的水果散发着诱人的香气，锅炉冒着热气，大块的肉在里面咝咝作响。他口流涎水了，想着自己每天走进深山雕凿石头的生活，他觉得辛苦了。

175

他自言自语说:"丝绸的门帘,金流苏的床单,如果我拥有了,我将成为天底下最幸福的人!"

然后他就听到了一个洪亮的声音说:"你的愿望听到了你的声音,你将成为一个富人!"

石匠吓了一跳,以为自己是做梦,使劲扇了自己一耳光,觉得脸上火辣辣地疼。他叹了口气,突然变得特别郁闷,失去了进山雕石头的兴趣,于是拿着工具回家了。

当他走到自家门前时,天哪,他的破木屋不见了,面前是一座金碧辉煌的宫殿!金色的屋顶在阳光下闪着光,丝绸的窗帘像一朵云在飘,金流苏的床单在晃着他的眼!他扑到那张柔软无比的床上,又被高高地弹起来。他高兴地大叫着,兴奋地蹦跳着,过去辛苦的日子随着破木屋的消失一去不复返了。

炎热的夏天,太阳像一个大火球,烤得大地生烟,蝉在树上叫着:"热死了,热死了。"

一天清晨,木匠热醒了,他发现身上的汗水流得像淋过雨一样。他大口喘着气,擦着脸上的汗,决定今天不进山了。上午他发了半天呆,下午又睡了一觉,傍晚醒来时还是觉得头昏脑涨,没有精神。于是他爬起来向窗外望去,他又看到了什么?

一辆华丽的马车,车上坐着一个年轻英俊的王子,王子的头上有一把金阳伞替他遮住了毒辣的阳光,王子的身边还有一个穿着天蓝色镶有银花边制服的仆人。英俊的王子面露得意之情,那个仆人在旁边小心伺候着他。

石匠望着他们走远，又自言自语道："如果我也是一个王子，头上有华丽的伞，身边有听话的仆人，身下是华丽的马车，那我就是天下最幸福的人了。"

又是那个山神的洪亮的声音在说："你的愿望听到了你的声音，你将成为一个王子。"

话音刚落，石匠已经变成了一个年轻英俊的王子，头上有金阳伞，身边有仆人——仆人的制服是漂亮的玫瑰红的颜色，身下是华丽的马车——马车的前面竟然还有一群随从，他一回头，发现后面还有一群随从。

他又高兴地哈哈大笑了。笑的时候头上的伞摇晃了一下，他的脸被太阳晒着了。他突然收住笑声，贪念像气球一样越胀越大。他气红了脸叫道："太阳的威力竟然比我大，我要成为太阳！"

山神的洪亮声音在说："你的愿望听到了你的声音，你将成为太阳！"

石匠于是又变成了太阳。他使尽全力发出火焰，好像要把宇宙烧掉。他把大地烤得冒着烟，青草的叶子变成了黑色，蝉在树上被晒得奄奄一息，叫不出声了。人们的脸被晒得像炭一样黑，嘴上全是干皮。一开始石匠为自己的威力感到得意扬扬，不久他就厌烦了。

有一天，一大片乌云飘过来，遮住了他的脸，他发现自己使不出威力来了——虽然他已经厌倦了这样做。他又气愤地开始大叫："云遮住了我的光，它的威力比我大！我要变成云！"

于是那个洪亮的声音说道："你的愿望听到了你的声音，你将变成一片云！"

于是石匠就变成了一片云。现在他可以想飘就飘，想停就停。高兴时就让太阳

177

出来一会儿，不高兴时就飘过去遮住它。他觉得自己变成了世界上最强大的人。

但是，有一天，他看到地上的青草红花，小桥流水，又生气了。于是化作暴雨，使出全力浇向大地。河水决堤了，房屋倒塌了，人们流离失所，人间一派悲苦的景象。但是，在高高的山上，巍然屹立着一块块岩石，它们在暴风雨中倔强地挺立着，丝毫不动。石匠既惊讶又惊叹："原来还有比我威力更大的东西？原来这东西是石头？我要是一块岩石多好呀。"

山神洪亮的声音又响起来："你的愿望听到了你的声音，你将成为岩石！"

然后石匠就又变成了一块大大的岩石。他站在高山上，抬着高傲的头。太阳晒不黑他的脸庞，大风刮不倒他的身躯，最重要的是，倾盆的暴雨也动摇不了他。他站在那里，变得越来越高傲。他俯视着周围的一切，心中充满得意："再也没有比这样更好的了。我多么伟大呀！"

他在高山上岿然不动，许多天过去了，他挺着高傲的头颅，带着得意的微笑。但是，有一天……

他被一阵"叮叮当当"的声音惊醒了，刚开始他抬着高傲的头不作理会。过了一会儿他觉得那声音是从脚下传来的，低头一看，天哪，一个小石匠正在用锤子和钢钎凿他的脚，他吓得魂飞魄散，但是一想起自己高傲的心，便忍住没吭声。

但是过了一会儿，他感觉到脚下有点儿疼了。当看到小石匠从他脚下凿出一块大大的石头时，钻心的疼痛终于使他忍不住大叫起来。他高傲的头颅低了下去，高傲的心破碎了，原来他依旧不是最强大的。他又开始自言自语："这小石匠比我强。我还是回去做我的石匠吧。"

山神回答道："你的愿望已经听到了你的声音，你将变为原来的模样！"

于是他重新变成了一个人，一个有经验的石匠。每天，他背着工具走进深山，选择石头，然后雕凿成墓碑或者造房子用的石板。

他依旧住着破木屋，粗糙的饭食，简陋的家具，很硬的床，褪了色的床单。每天，他天亮起床，在暮色里背着石头走进家门，脸上淌着汗，脚上磨出泡。

但是他很知足，他再也不会心生贪念，再也不想变成其他人或者其他任何东西了。

十二个月的故事

(俄罗斯)

很久以前,在一个村庄里住着这样一户人家:一个母亲和两个女儿。一个女儿叫霍莱娜是妹妹,一个女儿叫玛露什卡是姐姐。这个母亲对霍莱娜特别好,但是对玛露什卡却很厌恶,每天咒骂她、责打她。为什么会这样呢?

原来,霍莱娜是她的亲生女儿,而玛露什卡呢,不是她亲生的。这个不是亲生的女儿竟然比她亲生女儿长得漂亮,这是她无论如何都不能忍受的。

她每天看到玛露什卡那张花朵般美丽的脸,气就不打一处来。再拿她和霍莱娜一比,更是气上加气。她想:这个女孩儿,她为什么长得这么漂亮?于是,她逼着玛露什卡每天做着永远也做不完的活儿:收拾房间,做饭,洗衣,纺纱,织布,割草,喂牛……

玛露什卡擦着汗,捶着酸疼的腰背,默默劳作着,把泪水偷偷咽下去。这时候,继母的女儿霍莱娜,穿着漂亮的衣服,带着美丽的首饰,倚着门框站着,边照镜子边喊:"没听到牛叫吗?它饿了!快去喂草!先把那件最漂亮的衣服给我洗了!"玛露什卡加快速度,眼泪终于流下来。

但是,玛露什卡还是越长越漂亮。而她继母的女儿霍莱娜却越来越丑了,于是她的漂亮变得更不能使继母原谅。继母看着她劳碌的身影,望着她美丽的容颜暗自想道:这样下去是不行的。如果有一天一个英俊的小伙子来求婚,他一定会看上她的,那我的亲生女儿怎么办?

正月的一天。霍莱娜把玛露什卡叫到跟前,脸上带着傲慢的神情说:"玛露什卡,到森林里去,给我采一朵漂亮的紫罗兰,我要别在腰上,闻它的香味。"

玛露什卡一脸愁云,她说:"上帝!亲爱的妹妹,这是冬天,寒风凛冽,大雪漫天,哪里有紫罗兰?"

"快去,小巫婆!你再说一句话我宰了你!"霍莱娜的眼里放出两道恶毒的光。继母一脚把她踹出了门,然后"砰"的一声关上大门。玛露什卡绝望地捶了几下门,低声哭着走向了森林。

路上没有一个人,厚厚的雪没到了膝盖。寒风呼啸着,脸被雪花吹打得生疼。玛露什卡又累又饿又冷,她的眼泪在脸上冻成了冰凌。最糟糕的事是她迷路了。这时她远远看到了前面有火光,于是朝着那火光走去。

她来到了那个火堆旁,火堆周围有十二块石头,石头上坐着十二个汉子。这沉默着的十二个

汉子就是十二个月。老大正月坐在最上面，胡须、头发像雪一样白，手里拄着一根拐杖。

玛露什卡有点儿害怕，最后还是鼓起勇气说："好心的人啊，让我在火堆旁暖和一下好吗？我冻坏了。"

老大正月说："过来吧，小姑娘。你为什么会来这里？"

"我来采紫罗兰。"玛露什卡的眼前闪过妹妹恶毒的目光，她又一个哆嗦。

"可是，小姑娘，天在下雪，冬天怎么会有紫罗兰？"十二个汉子一齐叫道。

"我知道，可是我的妹妹霍莱娜和我的继母逼我这么做。"玛露什卡又一个哆嗦，眼泪滴到火堆里。

老大正月站起来，走到一个比较年轻的汉子面前，把拐杖递给他说："三月兄弟，你坐到那上面去。"于是三月就坐到了那块石头上，他随便在火堆上挥了挥拐杖，火苗蹿起来，白雪融化了，树木发芽了，小草探出了头，五颜六色的野花唱起了欢快的歌。玛露什卡惊讶地睁大了眼睛，还没来得及惊叹一声，眼前的草地上已经盛开了大片大片的紫罗兰。

"多么漂亮的紫罗兰，玛露什卡，像你的面容一样美丽，快采吧。"三月笑着说道。玛露什卡高兴地唱起了歌。她采了一大把紫罗兰，紧紧地握在手里，向他们道了谢，高兴地回家去了。

霍莱娜和继母看到她抱着一大束紫罗兰满面笑容地走进门时，惊讶得张大了嘴巴。继母说："上帝，她真是个小巫婆。"霍莱娜说："上帝，紫罗兰！飘着香味！"

"你从哪里采来的？"她们向她吼道。

"森林里，山顶上，灌木丛下。"玛露什卡回答。

第二天，霍莱娜把玛露什卡叫到跟前，脸上带着傲慢的表情说："玛露什卡，到森林里去，给我摘红苹果回来。我要吃苹果！"

玛露什卡美丽的脸又蒙上一层愁云，她说："上帝，亲爱的妹妹，这是冬天，大雪在飘，寒风在吹，哪里有苹果？"

"快去，小巫婆！你再说一句话我宰了你！"霍莱娜的眼里放出两道恶毒的光。继母又一脚把她踹出了门外，然后"砰"地关上大门。玛露什卡伤心地流下了眼泪，踏上了去森林的路。

这次她直接走到火堆旁求救。老大正月说："可怜的玛露什卡，你又来寻找什么？"

"我的妹妹霍莱娜，她又要吃苹果。"玛露什卡回答。

老大正月点着头站了起来，走到年纪稍大的一个汉子面前说："九月兄弟，拿着这根拐杖，坐到上面去吧。"九月就站起身来，坐到了上面的那块石头上。他在火堆上随便挥舞了一下拐杖，火苗蹿起来，白雪融化了，树上的叶子都变黄了，随风飘下来。秋天来了！玛露什卡发现了一棵苹果树，上面结满了又大又红的苹果。

183

"玛露什卡，别光大睁着你美丽的双眼，快摇树。"六月说。玛露什卡又高兴地唱起了歌。她摇了两下树，两个苹果掉下来，她捡起它们，道了谢，踏上了回家的路。

霍莱娜和她的母亲再次睁大了双眼，她们嗅着苹果的香味同时说："上帝，她一定是个巫婆!"

"你在哪里采到它们的?"她们向她吼道。

"森林里,山顶上,那里还有好多。"玛露什卡说着把苹果递给她们。

"为什么只有两个?你偷吃了它们?"她们喊道。

"我只带回来两个,我没有偷吃。"玛露什卡流下了委屈的眼泪。

霍莱娜踹了她一脚,开始津津有味地吃苹果。吃完之后她说:"母亲,给我皮大衣,我要亲自到森林里去摘苹果,免得再被这个小巫婆吃掉。"

母亲没有拉住她,霍莱娜穿上最漂亮的皮大衣,围上最厚的围巾,向森林走去。

她走到了那个火堆旁,看到了十二位神仙。她带着傲慢的表情走到火堆前烤火,像没有看到他们的样子。

"你是谁?你来这里干什么?"老大正月的声音里带着气愤。

"老东西,关你什么事?"霍莱娜看都不看他一眼,凶狠地说道。然后她离开火堆往森林深处走去。

老大正月气坏了,他拿起拐杖在头顶上随便挥舞了一下。转眼间,乌云密布,火堆将要熄灭,漫天雪

花纷飞，寒风开始呼啸。霍莱娜像是跌进了又冷又黑的冰窟，她站在雪地里，诅咒着玛露什卡，身体慢慢冻僵了。

母亲等不到女儿回来，也穿上她最好的皮大衣，围上她最厚的围巾，骂了玛露什卡一通就出门了。她也走进了又冷又黑的冰窟一样的世界，雪花和寒风包围了她。

玛露什卡在家等了好多天，她们也没回来。那对母女出门不久就冻死在森林里了。

善良的玛露什卡后来遇到了一个善良的小伙子，他们结了婚，过着幸福快乐的生活。

猎户星的传说

（澳大利亚）

夜晚的时候，如果你抬起头来，就会看到那个明亮的猎户星座，它由七颗星构成。传说，这个星座和七个女孩儿的故事有关。

很久以前，这七个女孩儿被幽禁在一个大池塘里，她们因为受到诅咒而只能生活在水里，偶尔有路过的年轻男子看到她们的美貌，想把她们救出来，但都没有成功。

因为长期生活在水里，她们的身体变得滑溜溜的。使劲抓她们的时候，反而使她们的身体更快地从他们手里溜走。每天，女孩儿们伤心的眼泪和池塘的水混在一起，因为她们也渴望回到陆地上来，却无能为力。

那些年轻的男子中间有一个最聪明的，他爱上了七个女孩儿中最漂亮的一个。他看着她们在水里游泳时长发在水中散开来的样子，突然想起了一个好办法。有一天，他瞅准一个时机，敏捷地抓住了她乌黑的长发，快速地缠在了自己的手臂上。女孩儿没法儿逃脱了，事实上她也不想逃脱，所以她就被她未来的丈夫带到陆地上来了。

但是，长期水里的生活已经使女孩儿不再适应陆地的生活，她开始头晕冒汗、呼吸困难。她的丈夫很伤心，也很懊悔。他说：

"我做了一件多么傻的事呀，虽然我很爱你，可是我现在不得不把你放回水里去，否则你会死去的。"他流下了眼泪。

女孩儿低声说："你去拾些干柴来，生一堆火。"丈夫照着做了。女孩儿说："把我放在这堆火上面，烤干我身上的黏液。"他不忍心，可还是照着做了。她身上的黏液消失了，诅咒好像也跟着消失了，她变成了一个完全正常的人。

过了几天她竟然学会了动物界的语言，能听懂每一种动物在说什么。因此，打猎的时候，她帮助丈夫捕获了很多猎物。两人在一起生活得很幸福。

有一天，丈夫看到她在默默地流泪，就问她怎么了，原来她想姐妹们了。她说："如果她们也能回到陆地上来，那该多好。"他是这样地爱她，又是这样地聪明，所以他很容易地用抓头发的办法救出了另外六个女孩儿，又生了一堆火烤干了她们身上的黏液。姐妹们得救了，她们迫不及待地去寻找父母，发现在她们离去的那段日子里，家里发生了天大的变化。

首先是父亲死了，而她们的母亲，已经又找了一个丈夫。其次是她们原来的家没有了，母亲的新家建在一棵高高的大榕树上。她们还是高兴的，她们的母亲也很高兴，一家人又重新团聚了。

但是过了不久，她们就发现继父是个坏人。他脾气暴躁，动不动就把她们的母亲打得鼻青脸肿。他还是个好色之徒，经常骚扰她们。六个女孩儿终于忍无可忍，她们和母亲商量要惩罚这个十恶不赦的男人。

一天，懒惰的继父想活动一下筋骨，于是他决定出海捕鱼。母亲说："亲爱的，这再好不过了。我几乎都忘了你还会捕鱼。"六姐妹说："父亲，希望你回来的时候能在你的船上系上一块红色的绸布，这样我们在树上大老远就能看到你回来了。"这个凶恶的男人得意扬扬地笑着，大摇大摆地出发了。

傍晚，她们看到了那块红布慢慢朝家的方向移了过来，心情又兴奋又紧张。她们的继父上了岸，来到大榕树下吼道："吊下长藤来，先把这些鱼拉上去，再拉我！快点儿！我要饿死了！"

"好的，这再好不过。"母亲说道，开始往下放长藤。姐妹们说："父亲，您辛苦了。"那个凶恶的男人在树下面又得意地哈哈大笑。

长藤先把鱼吊上去了。然后六个女孩儿一起拉继父上来，眼看快到树上了，她们的母亲从怀里掏出一把锋利的刀，一下子砍断了那根长藤。那个凶狠的男人受到了他应有的惩罚，"啊"的一声掉进了一个死水潭。

女孩儿们和母亲没有高兴太久，因为那个男人竟然没死，他每天在死水潭里大叫，并且和一个坏女人勾结起来报复她们。最后发展到不但报复她们，还伤害其他部落的人们。

每天晚上，两人联手偷走很多部落女人们刚生下的婴儿的灵魂，然后，把他们变成水姑娘，玩弄一番后吃掉，然后再去偷。方圆几百里的部落都被他们害得鸡犬不宁。

有一天，那个凶狠的男人竟然用魔法偷走了第一个被救上岸的水姑娘的灵魂。她的丈夫，那个聪明的猎人，眼睁睁看着自己的妻子被施了魔法，一头栽进了死水潭，再也没有了音信。

猎人伤心地流下了眼泪，他不能让妻子就这样落入那个坏男人的魔掌，也不能再让那个坏男人危害四周的部落。他决定去找太阳梦者纳都。纳都是太阳女神的仆

人，每天晚上，当女神行走了一天到岩洞里休息时，纳都就走上前来，给她提供遮盖，女神的光芒就被遮住了，她就会沉沉地睡去，等到第二天早上再开始她的旅行。

"年轻人，你走了七七四十九天，是从你那遥远的部落走到这里来的吗？"纳都听完了猎人的述说，吃惊地问。

"是的，太阳梦者。我请求你，一定帮我救出我的妻子和她的六个姐妹，现在她们都被那个邪恶的男人用魔力吸进了死水潭。而且那对男女还在狼狈为奸，危害四周的部落。"年轻的猎人说着又气红了脸。

纳都说:"年轻人,你是这样英俊潇洒,多少美丽的女孩儿会爱上你,你就把你的妻子忘了吧。"

猎人着急起来,说道:"太阳梦者,这不是一个神应该说的话。我爱我的妻子,我不会再看上别的女孩儿的。难道你就不为那么多部落的人们想想吗?"

纳都哈哈大笑,说道:"好小伙儿,我刚才是试探你,看来你真的是一个善良、忠诚的人,我决定帮你。"

太阳女神回来了,听到她的脚步声,纳都飞快地对猎人说:"年轻人,女神炽热的光能把大地烤得生烟,把你的全身烤焦。但是只要女神的光照射了那里的池塘和死水潭,水分蒸发了,魔力就会消除,她们就会得救。你只有费尽全力往前跑,别让女神的光芒把你烤焦。明白了吗,小伙子?"

"明白了。谢谢。"猎人说着已感觉到热浪滚滚而来,他开始拔腿往前跑。

他跑呀跑,感觉到热浪一直在后面追着他,他的头发有股烤焦的味道了。整个世界像着了火,河流干涸了,树木燃烧起来,地面都龟裂了。他终于跑到了那个死水潭。那对邪恶的男女已经被晒得变了形,在死水潭里死去了。他着急地寻找七姐妹,终于看到她们也在前面奔跑。他还没来得及喊出声,一阵大雨就落了下来。

他看到七姐妹在雨中奔跑,试图逃离太阳女神滚滚的热浪。雨水消除了他身上的炽热,他开始奋力追赶她们。但是那七个女孩儿,她们已经跑到了天上,跳进了天河,向天河的源头游去。猎人眼看追不上她们了,就纵身跃上天空,变成了一颗星星,这就是猎户星。直到今天,他还在夜空里追赶着七个女孩儿,希望能找回他美丽的妻子。

两个邻人的故事

（柬埔寨）

从前，有一个穷人和一个富人，他们是邻居。富人生性贪婪歹毒，他的院子已经够宽阔了，还想霸占邻居穷人的地方。他处心积虑想出了一个办法。

有一天，他约穷人一起去森林里捕兽，希望能捕到猎物，穷人答应了。

太阳快落山时，他们来到了森林里的一棵果树下面。这棵果树又粗又高，上面结满了果子。穷人说："咱们就把捕兽器下到树根上吧。晚上一定有野兽来吃树上的果子，到时候它们就会被夹住了。"说着就把自己的捕兽器下到树根上了。

富人转了转眼珠，说："既然你下到树根上了，那我就下到树梢上好了。"说着就把自己的捕兽器下到树梢上了。穷人感到不可思议，睁大眼睛说："这怎么可以？从来没有听说过把捕兽器下到树梢上的。你这样肯定捕不到猎物的。"

富人说："我肯定能捕到，而你肯定捕不到。要不咱们打个赌？"

穷人暗想：这个人今天怎么这么傻？于是他说："赌就赌，赌什么？"

富人又转了转眼珠，狡猾地笑道："那好，如果今晚我的捕兽器捕到了猎物，你就要把你家的地契给我，而你离开现在居住的房子，另寻住处。如果今晚我的捕兽器没有捕到猎物，我就把我的地契给你，我离开现在居住的房子，另寻住处。"

穷人想，他这个要求虽然听起来很过分，但因为认定了一个下在树梢上的捕兽器是无论如何也不会捕到猎物的，所以就答应了下来。

193

富人看他点头，得意地笑了。两人结伴而行回家去了。富人在回家的路上已经暗暗想好了下一步的计划。

吃过晚饭，富人去了鹦鹉法官的家。这个法官特别贪财，是个见钱眼开的人。每次判案，哪方送钱他就判哪方赢，如果两方都送了钱，哪方送的钱多他就判哪方赢。富人递给鹦鹉法官一个大大的元宝，说："尊敬的法官，明天如果我那个穷邻居来告状，还请您多照顾。"

鹦鹉法官拿着那个沉甸甸的大元宝，眼里放出了光，哈哈大笑说："没问题，没问题。"

第二天很早的时候，富人悄悄起床了。他借着月光在森林里穿梭，来到了昨天他们下捕兽器的那棵大果树下。结果当然是他预料中的，他的邻居——穷人放在树根上的捕兽器夹住了一头鹿，而他下在树梢上的捕兽器上空无一物。他小心地把那头鹿从邻居的捕兽器上拿下来，挂到了他自己的捕兽器上，然后就回家了。

天蒙蒙亮，邻居穷人来敲他的房门，富人慢悠悠地从床上爬起来，跟着穷人走向森林。在路上，他听到穷人在哼歌，就在心里暗笑了一下。

穷人说："你还记得咱们昨天打的赌吧？"

富人说："当然记得，只要你没忘就行。"

他们来到了那棵巨大的果树下面，天已经亮了，太阳出来了。穷人一眼就看到了一头鹿高高地挂在树梢上的捕兽器上面，他有点儿不敢相信自己的眼睛。他喊道："上帝，怎么会这样？从来没有听说过树梢上的捕兽器竟然能捕到一头鹿的！我这是在做梦吧。"

富人得意地笑了，说："不是做梦，咱们已经打过赌了，你不会反悔吧？你想反悔也来不及了。"

穷人望着那头鹿先是惊讶，然后冷静下来仔细想了想，说："是你偷偷地把我捕到的鹿放到你的捕兽器上的，我不会给你我的地契！"

富人说："你胡说！你没有证据！现在事实摆在面前，你必须交出你的地契。"

穷人一扭头走了，边走边说："我去找鹦鹉法官评理！你这个狡猾的人。"

鹦鹉法官对气得满脸通红的穷人说："给我送两个元宝来，然后我就会判你胜诉。"

穷人开始四处借钱。他走遍了四周的村子，向所有认识的人求助也没有借到两个元宝。他认识的人都是穷人。

就在他四处奔波把鞋底都磨破了时，他的邻居——富人，正在鹦鹉法官家里，宰吃那头鹿。他们吃得满脸是油，不时发出得意的大笑。

穷人借不到一个钱，他用褴褛的衣袖擦了擦汗，坐在路边休息。他想：借不到钱，鹦鹉法官就会判他输，如果输了，不但不能得到那头鹿，还要赔上自己的房子。没有住的地方了，以后该怎么过？那房子是他辛辛苦苦花了五年的时间才盖起来的。他越想越伤心，越想越绝望。

就在他站在一条河边准备往下跳的时候，一个人拦住了他。那人说："你为什么要跳河？"穷人流下泪来说："我不想跳河，可是我不知道该怎么活下去，因为我即将失去我的房子。"然后他就一五一十地把昨天和今天发生的事说给那人听。

那人听完后气得火冒三丈，他说："原来鹦鹉法官是这样的法官！岂有此理！你不要跳河了，跟我走，我帮你胜诉。"穷人擦干眼泪，半信半疑地跟着他向鹦鹉法官

197

家走去。

原来这个人就是大名鼎鼎的兔子法官，素以公正廉洁著称，深受人们的爱戴和敬仰。

兔子法官带着穷人来到了鹦鹉法官的家。那时，富人和鹦鹉法官还没来得及收拾他们吃剩下的鹿肉，他们脸上和手上还带着明晃晃的油。

鹦鹉法官一见到穷人就喊道："你怎么现在才来？来了也晚了，我已经判你的邻居胜诉了。"穷人又气又怒，一时说不出话来。

兔子法官说："我们是来晚了，但是我们来晚是有原因的。"

鹦鹉法官气得大叫："你是谁？怎么来到我家里胡闹？你凭什么到这里说话？"

兔子法官不慌不忙地说："我是谁你

先别管，我先告诉你我们来晚的原因。因为我们在来你家的路上只顾着看鲫鱼飞起来吃苹果树上的叶子了，所以竟然忘了赶路。"

鹦鹉法官更生气了，他说："你耍我吗？从来没有听说鲫鱼能飞起来吃树上的叶子！"

兔子法官说："既然没有鲫鱼能飞起来吃树上的叶子，那怎么可能有野兽飞起来吃树上的果子呢？"他目光炯炯地盯着鹦鹉法官，那个心虚的法官低下头去。

兔子法官接着说："我是兔子法官，奉命下来调查地方法官的工作情况。原来还有你这样见钱眼开、胡作非为的法官！"

鹦鹉法官吓得两腿发软，原来面前的这个人就是他的上司：大名鼎鼎的兔子法官！他想争辩几句，一看兔子法官威严的神色又把话咽了回去。

最后，兔子法官撤了鹦鹉法官的职，判富人败诉。并且因为富人可恶的行为罚了他一笔钱，兔子法官把这笔钱给了富人的邻居——穷人。穷人有了这笔钱以后，过上了幸福的生活。

小牧羊人的幸福梦

(德国)

很久以前,一个小孩儿出生在一个牧羊人家里。他的父亲是穷苦的牧羊人,他的爷爷也是穷苦的牧羊人。他出生的时候爷爷已经去世了,但是从记事起,他就总是做一个同样的梦:梦见他的爷爷——一个头发和胡须都雪白的老头儿,衣衫褴褛,站在他面前,对他说:"孩子,你长大后会成为西班牙国王。"

等他稍微长大一点儿,父亲就交给他一条鞭子和一群羊，对他说："去吧，儿子，到草多的地方。记住，羊吃一段时间后就要再换一个地方。"小牧羊人点着头，赶着一群羊走出了家门。

每天，他看着羊群安闲地吃着草，看它们吃饱了，就赶着它们到河边去喝水。羊安闲地吃草的时候，他也安闲地躺在树荫下，望着蓝天白云。羊吃饱了，他就拿出母亲给他准备的面包和水，吃饱了就和羊群睡在一起。阳光暖暖地照在身上，他睡着了。

突然有一天，他又开始做那个有他爷爷的梦。爷爷越发地老了，衣衫也更加褴褛了，他说："孩子，你要记住，你长大后会成为西班牙国王。"

小牧羊人在羊群的叫声中醒来。他赶着羊群回了家。

当他把自己的梦告诉给父母时，母亲先哈哈大笑，她用肮脏的袖子擦着笑出来的眼泪说："孩子，你都没有见过你爷爷吧。西班牙国王！哈哈！"

父亲的表情很凝重，他说："儿子，从你爷爷的爷爷开始，我们家就只出牧羊人，从来没有出过国王。儿子，那只是一个梦，好好去放你的羊吧。"

小牧羊人说："如果我再做一次这样的梦，我就必须向西班牙出发了。"父亲无奈地摇着头，母亲从鼻子里哼了一声。

第二天，小牧羊人真的又做了同样的梦。他把羊群赶回了家，不顾父母的阻止，走出了家门，向西班牙出发了。

他走了七七四十九天，有一天晚上走到了一片森林里。这片森林好像有股邪气，他迷路了。就在这时，出现了一群形态怪异的人，他们脸上蒙着黑布，穿着黑色的衣服，说话的声音像鸟叫。

小牧羊人走上前去想问一下路，却不料被他们绑起来装进了麻袋。他们说："正好，又抓到了一个奴隶。"

那麻袋有一个很大的窟窿，小牧羊人透过那个大洞看着这群奇怪的人。这群人围坐在地上，开始从他们的黑衣服里掏东西。

一个强盗说："我今天偷到了一个商人的魔裤，这个裤子有两个口袋。你们看，只要把手往口袋里一掏，就能掏出几个大元宝来。"小牧羊人看到那强盗果然掏出了几个元宝，他吃惊地睁大了眼睛。

另外一个强盗说："我今天抢到了一个士兵的军刀。你们看，只要把这军刀往地里一插，就会有1000个士兵走过来，听从你的命令。"小牧羊人这次吃惊地张大了嘴巴。

第三个强盗站了起来，他说："我偷了一双有魔力的靴子，任何人穿上它，迈一步就能走一百里。"小牧羊人在麻袋里乐开了花。

这群强盗太高兴了，他们个个喝得烂醉如泥，最后都躺在草地上睡着了，大声打着呼噜。小牧羊人咬破了麻袋，钻了出来。他小心地跨过这些熟睡的强盗，顺利地拿到了他们刚刚展示过的宝物。

小牧羊人穿上了那条魔裤，套上了那双魔靴，别上了那把军刀，又出发了。现在他走得很快，简直是在飞。见到他的人说："上帝！快看呀，那是一个人还是一只鸟！"这样，他很快就到了西班牙。

西班牙正笼罩在一片愁雾当中。小牧羊人看到街上的人都脚步匆匆，每个人脸上都显得很慌乱。他感到很奇怪，于是走到一家旅馆打听。

"你是从外地来的吧？"店主看他一副风尘仆仆的样子，心不在焉地问道。

"是的。请问，这个城市怎么看着不对劲？"小牧羊人急切地问。

"年轻人，现在是战乱，打听什么事都要付钱的。"店主露出一脸不屑的神情，他想这个衣着破烂的人是付不起钱的。

只见小牧羊人往裤子口袋里一掏，几个大元宝就在他手里了。"够吗？"他说。

店主的眼睛放了光，他的脸上堆满笑容，说："够了够了，连住店都够了。"然后他告诉了小牧羊人西班牙王国正在发生的灾难。

原来西班牙正遭受着异国的侵略。国王的士兵已经战死了一大半，敌人明天又要来进攻，据说有几十万的士兵，是西班牙的十几倍。

店主说："小伙子，快离开这个国家，去别的国家吧。看来你还有几个钱，那就更不要在这里待下去了。城快破了，国要灭了。"他说完深深叹了一口气。

小牧羊人想：这真是太好了。于是他买了套华贵的衣服，穿上后他立刻变成了一个英俊魁梧的小伙子，自信地走进了皇宫。

"亲爱的陛下，您一定正在承受着难以想象的煎熬。"他对西班牙国王说。

国王皱着眉毛，脸上布满阴云。国王身旁坐着一位美丽的女子，正好奇地盯着小伙子看。

国王说："你怎么可以擅闯皇宫？拉出去斩了！"小牧羊人注意到国王的有气无力。

他往前走了一步，说："亲爱的陛下，您先听我说完。如果我能帮您打败敌国，

203

挽救整个国家，您会怎么感谢我？"

西班牙国王吃了一惊，然后说："如果是这样，我还有什么不能满足你的呢？"

小牧羊人说："我想，坐在您身边的这位美丽的姑娘，就是公主吧。"他看到公主的脸红了。

他接着说："如果我胜利了，我只希望您能把公主嫁给我。"

国王哈哈大笑了,他说:"只要你能拯救我的国家,不用求婚,我想公主也愿意嫁给你。"

　　小牧羊人高兴地笑了,公主用美丽的眼睛偷偷看了他一眼,脸越发红了。

　　战场上,牧羊人独自面对着冲过来的千军万马,不慌不忙地把军刀往地上插了几下,再插几下。转眼间,成千上万的士兵出现了。他一声号令,这些士兵就冲向了敌人,像一群猛虎。

　　战争当然打胜了。西班牙国王实践了他的诺言,把美丽的公主许配给了牧羊人。老国王几年之后去世了,于是牧羊人就当上了西班牙的国王。

　　继位的那天,他向妻子讲述了他很久以前的那个奇怪的梦。"真的很奇怪呢!"他美丽的妻子惊讶地张大了嘴巴。他说:"真要感谢那个梦呢!"他美丽的妻子说:"是的,感谢那个梦。"

　　后来,牧羊人还接来了远在家乡的父母,他们幸福地生活在一起。

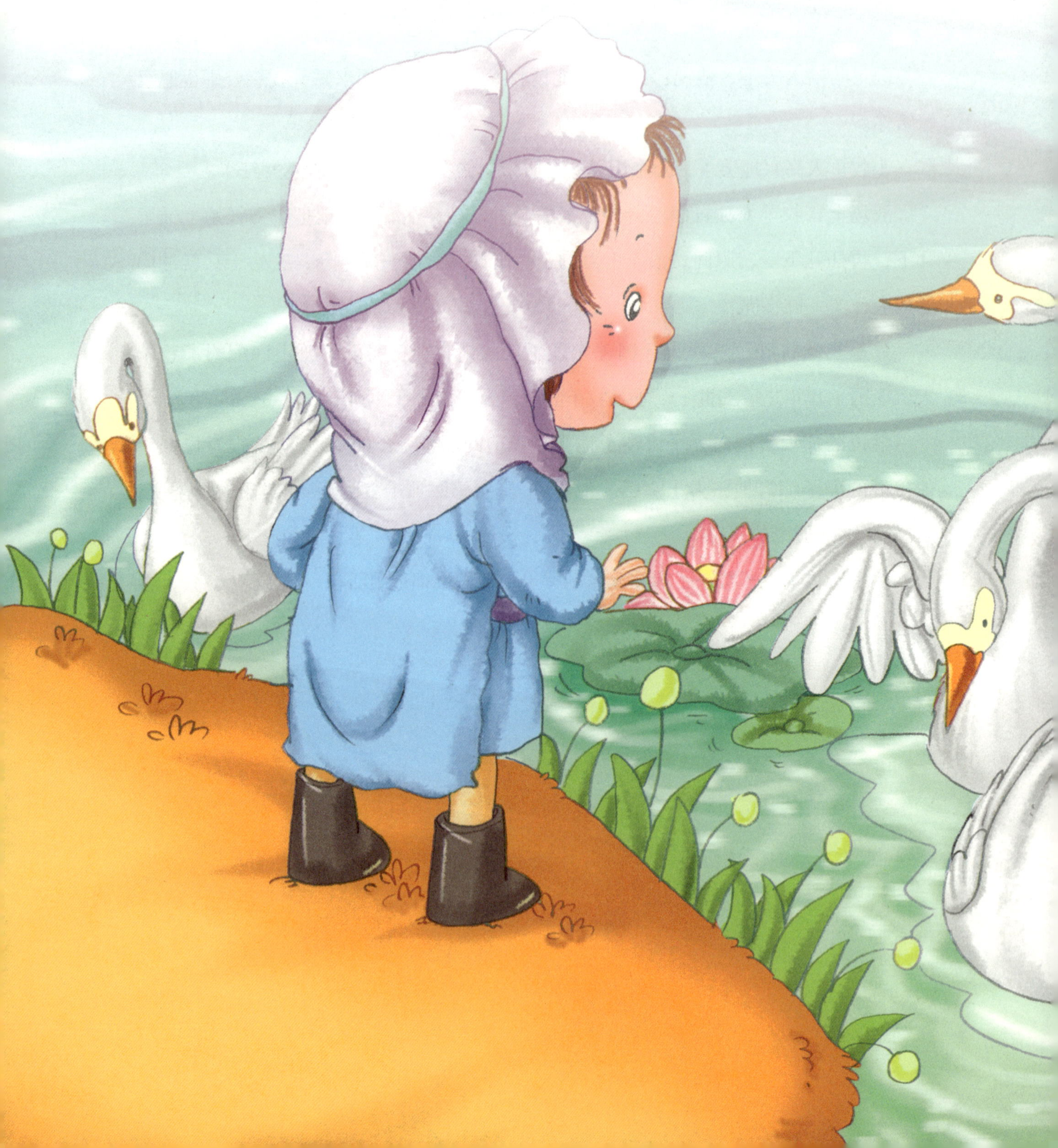

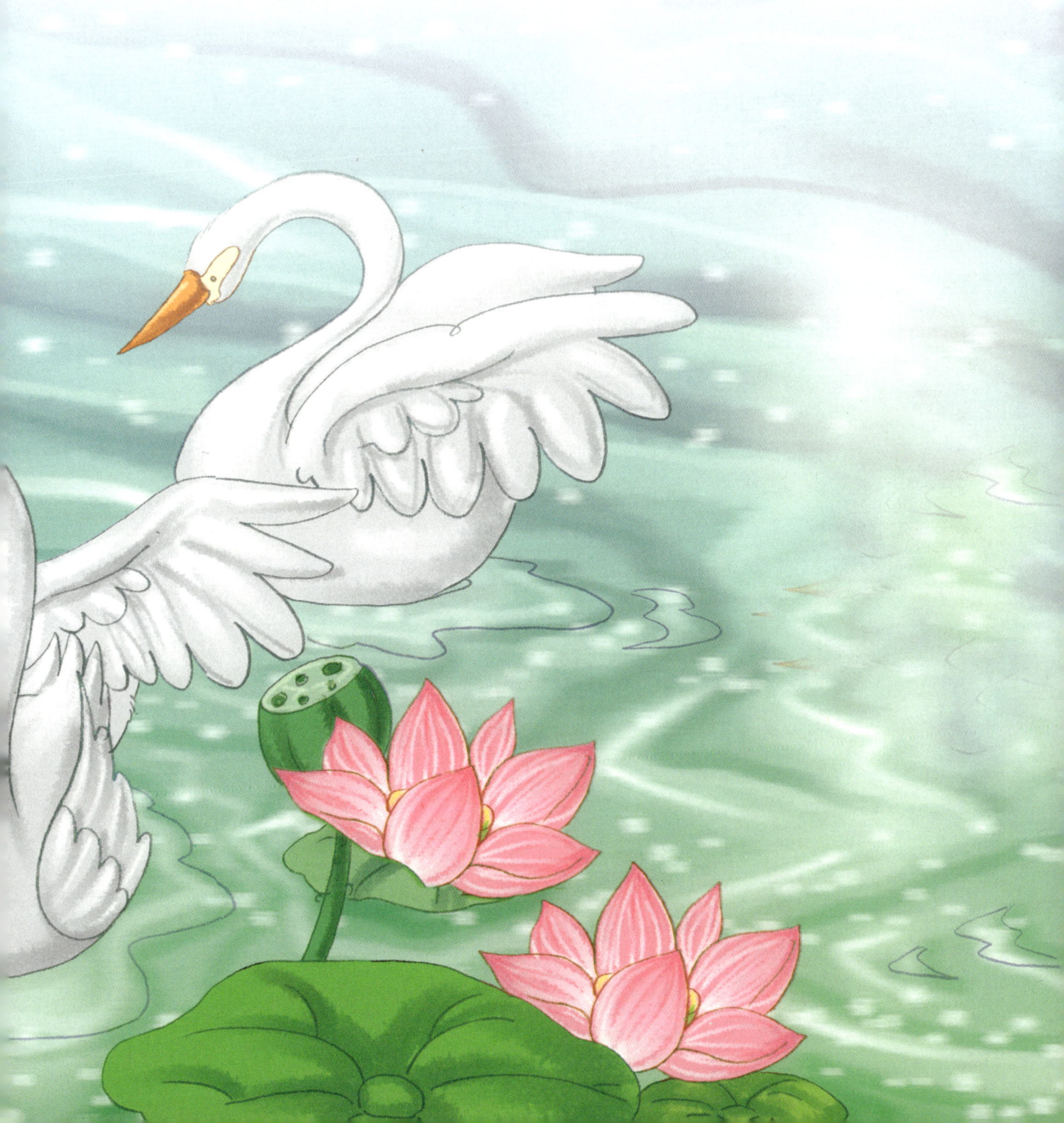

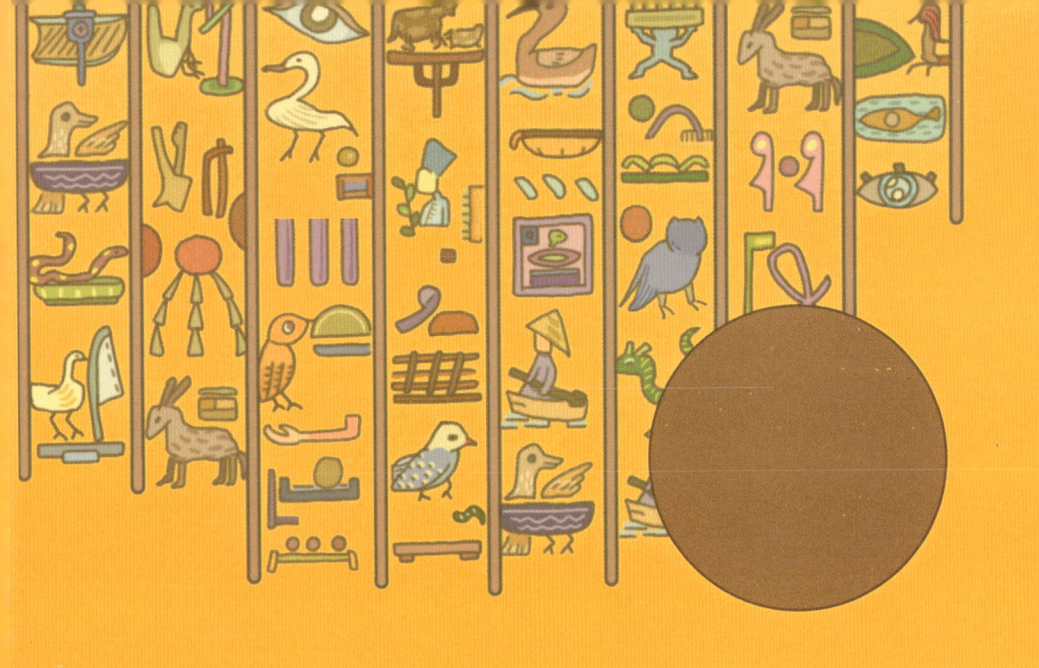